約定之冬

下

宮本輝

第六章

——有一位著名的女性作家，出版了一本關於《源氏物語》的書，以淺顯易懂的方式演繹故事，並談論她對《源氏物語》所做的種種考究與感想，讀來十分有趣。這位女性作家在書中表示她對《源氏物語》只有一點不滿。那便是，源氏是個不知嫉妒為何物的男人。畢生風流多情，卻又不識嫉妒的滋味，可能嗎？——

來自謝翠英的Email以大意如此的文章為始，並說自己也讀過好幾次《源氏物語》，但這位日本古典文學造詣極深的女性作家卻指出了她從未注意到的盲點。

上原桂二郎在目前已成為電腦室的俊國的舊房間裡，擺了新買的雪茄用菸灰缸，抽著Montecristo的No.1，翻開《源氏物語》的封面。始於〈桐壺〉的這本古典名著，他現在看到〈若紫〉的一半。

——無論多麼平順的愛情，其中或多或少都會萌生嫉妒，有時是男方，有時是女方，我想這樣才自然。即使全心信賴彼此，但看到對方與其他異性親密交談，也會不由自主心生猜疑、嫉妒……但是，源氏的確從來不曾為自己的情人吃過醋。上原叔叔，對此您有什麼看法？——

翠英信中這麼寫。

自從那一晚在高爾夫練習場傷了右側肋骨以來，桂二郎便養成一個習慣姿勢，此刻他擺出這個姿勢，「又是個難題啊。」低聲說。

左手經常貼在右側腹上的習慣，是過度預防深呼吸或打噴嚏時的劇痛，不知不覺養成的。

「我還在〈若紫〉一章裡原地踏步啊……」

除了肋骨兩處裂傷所造成的疼痛，周邊的肌肉拉傷也算是相當嚴重，晚上睡在床上一翻身便會痛醒的狀態仍一直持續著。買了據說可以緩和疼痛的護腰，但完全沒有效果。

前天深夜，又為了修復當機的電腦而回家的俊國問起能不能退掉公寓搬回家時，在純然的喜悅包圍中，桂二郎對他說既然有這個打算，就盡快搬回來。

於是，俊國將於後天星期六請朋友幫忙搬家。

目前，會寫Email給桂二郎的人，就只有謝翠英和俊國兩個人，等俊國搬回來一起住，所謂的「筆友」就只剩下謝翠英了。

翠英的來信總是以日本的歷史和古典文學相關的問題為主，令人懷疑她是不是誤將桂二郎當作學校的老師。但桂二郎認為若以「我不是很清楚」來回答翠英的問題，有損日本人的顏面，所以他會利用電腦搜尋查找能夠作為參考的書籍，好歹表達一些屬於自己的意見和看法。

也因此看了好幾本過去想看卻因為工作忙、嫌麻煩而不了了之的書。

尤其是近代以來的歷史，絕對不可能不觸及日本與中國，或日本與台灣，以及必然相關的日本與朝鮮半島、中華人民共和國與台灣的問題，所以桂二郎桌上這方面的書籍愈來愈多。

上原桂二郎生於昭和二十一年（一九四六），所以是「未經戰爭的世代」，小學起便一直接受所謂的戰後教育，學校從來沒有正確地教過戰前戰時日本對亞洲做了什麼。

關於日本是否真的做了中國、韓國及其他亞洲鄰國至今仍不斷譴責的野蠻、惡毒、不人道的行為，桂二郎想了解事實。不了解事實不應發表自己的看法。不了解事實同時也是一種過惡……

桂二郎在閱讀那好幾本書之際，這樣的想法一天比一天强烈。

「應該要正確地彙整才對。這是當務之急。因為這是一切的起點。」

前天晚上，桂二郎向俊國提到日本與亞洲的問題時，曾這麼說。

「有史學家極力主張，亞洲各國控訴的惡行如果有一百項，日本實際上真的做的，大概只有三、四項而已。」桂二郎把好幾本書搬到茶几上，「但是，也有人言之鑿鑿地説，不止一百，日本做了兩百、三百項泯滅人性的殘酷暴行。」然後對俊國説：「總之，應該要儘快正確彙整。否則，無法真正啓步。」並難得加重語氣强調。

桂二郎向來秉持眼見為憑、耳聞為憑的想法，强烈得堪稱信念。由於所謂的傳聞與事實相差之鉅，他有多次親身體驗，所以現在連週刊雜誌的大標都不看了。

在自己公司裡，董事向社長桂二郎提起的員工評價，他也不會照單全收。在自己實際確認之前，各窗口對外包工廠的報告都當作個人意見。

桂二郎認為，無論是對人的評價也好，對工作的評價也好，即使其中並沒有惡意，但無論如何個人觀感都會微妙地介入。而麻煩的是，這個人觀感偏偏是非常多變的。

——來信中的問題，私以為……

桂二郎以左右兩手的食指與中指四根手指頭在電腦鍵盤上打字。

——源氏之所以對女性毫無嫉妒之情，說穿了，多半是因為他是個「身分過於高貴之人」吧。

桂二郎邊回想《徒然草》的「不宜友之者，有七」那一段，以這短短的一句話針對翠英的問題表達了自己的想法，然後換行……

——令堂的病情如何？我因意外受傷，暫時無法出國。畢竟目前連西裝上衣都無法自行穿脫，台灣行必須等到七月之後了。明知令堂臥病在床，仍請求令堂回答一個素不相識的日本人突如其來的詢問，委實於心不安……

打字打到這裡，無以為繼，桂二郎便小心翼翼地，以小剪刀像理髮師仔細修整髮稍般，一點一點剪掉將不知何時熄掉的雪茄前端。

將燃燒過炭化的部重新點燃，苦味會變重，所以要重抽一度熄滅的雪茄時，桂二郎總是會這麼做。

若以雪茄剪一刀將炭化的雪茄前端剪掉，表面纖細的包葉（wrapper）部分就會斷裂。

雖然不像雪茄迷那麼講究，但若不好好品味一根自己喜歡的雪茄，桂二郎就覺得這一天沒有好好結束。

不過就是根雪茄。而且菸葉是手工捲的。所以再高級的名品雪茄，都難免會有瑕疵……

明知如此，若睡前那根雪茄因為點火方式不當而變苦、沒有均勻燃燒、明明保存於百分之七十的濕度卻太濕或太乾，他的一顆心就會莫名定不下來，開始對工作上一些雞毛蒜皮的問題吹毛求疵，滿腦子想著這件事無法成眠。

……委實於心不安……桂二郎在這裡又換行，點著已剔除了炭化部分的雪茄。心想即使說到「委實於心不安」便改變話題，翠英應該也能充分了解自己想表達的意思才對。

——我現在總算能用左右手四根手指頭打字了。我想這樣就夠了。用十根手指頭來打字，對我來說是天方夜譚。

後天，我家老大就要搬回來和我同住了。所以，我的電腦也必須另謀安身之處。老大會電腦，所以電話線該如何處理，要牽新的專用線路呢，還是選擇電話線以外的方式呢，我打算交給他全權處理。

那麼，我要抽根雪茄去休息了。祝你好夢。晚安。——

桂二郎在傳送之前重讀了自己所打的Email，覺得內容實在枯燥乏味。總有種端架子的感覺，沒有滋味。二十八歲的翠英收到這種Email，也沒有什麼樂趣可言吧……

桂二郎邊想邊按了傳送鍵。

自己心中，有種暴躁帶刺的東西。並不是只有今晚，也不是因為肋骨裂開和肌肉拉傷的疼痛的關係。

自從與翠英Email往返以來，心中就有什麼凶猛的東西在蠢動，而桂二郎認為那東西是自己的一大妨礙。這凶猛的東西，既不是壓抑的情欲，也不是對生活的不滿，更不是對工作的渴望。而這莫名其妙的狂暴之物，每天總要在體內大鬧個一、兩次……

桂二郎不認為自己對翠英這個女子產生了戀愛的感情。他也曾懷疑，以第三者的冷靜試著分析自己，但還是認為自己對翠英並沒有戀愛、或是近似的感情。

但就算壓抑的情欲並非自己心中原因不明的暴動的主體，桂二郎也無法否認自己對女性的身體有所欲求。

「腦袋裡有沒有東西無所謂。只要身體就好，而且是年輕的身體。最好是露水姻緣的年輕身體，事後一刀兩斷毫無瓜葛的。」

桂二郎在內心這麼說，準備關電腦。但這時候畫面上出現了收到新郵件的訊息。

——我明天回台灣。

標題這麼寫著。

——剛才家兄來電，通知我家母病危。所以我立刻訂了機票。雖然早有心理準備，但萬萬沒想到這一刻竟然來得這麼快……下週就是重要的研究發表，而且這場發表對我能否畢業有重大影響，但我顧不了這麼多了。

現在還不知道什麼時候能回日本。我要趕緊去收拾行李了。翠英。

桂二郎本想寫封信鼓勵她，但又覺得那只會打擾翠英收拾行李，便改變主意，關掉了電腦。

若是無法把賠償那支懷表的錢還給鄧明鴻的女兒，那麼須藤潤介的那三百萬該交給誰呢……

應該還是翠英的哥哥吧……

桂二郎邊想邊夾著變短的雪茄，檢查了門窗。

然後關掉客廳的燈，只留下廚房的燈，輕輕走近擺在南側窗畔的盆栽。

那株矮小但樹幹已有三公分粗的合歡葉子並沒有完全閉合。合歡在日落之後，左右對稱的葉子會像雙掌合十般閉合，但由於放置於室內，客廳燈亮的時候不會完全閉合，而是呈半開狀。

妻子在去世前三週獲准外宿從醫院回來那天，在自己的抽屜深處發現幾年前朋友給的合歡種子，便種了兩盆。

兩顆種子在妻子去世前不久發了芽。

桂二郎對蒔花弄草或園藝之類不感興趣，但唯有這兩盆冒出嫩芽來的合歡，是親自澆水，立志決不讓它們枯死，時時掛念。然而，他不知道合歡怕冷，冬天沒有移入室內而留在小陽台上，其中一盆在第一個冬天便枯死了。

活下來的另一盆合歡，到了夏天開了花。

富子似乎認為枯死其中一盆是她的錯，後來便對逃過一劫的那一盆小心翼翼到了神經過敏的程度，即使是夏天，天黑之後便搬進客廳，放在向南的窗前。

這是當初妻子喃喃說著「我真是的，竟然把種子收在這裡」，萬分迫切地將包在藥包紙中形似西瓜籽的兩顆種子，分種於兩個盆栽所留在這個家的最後一項遺物。桂二郎雖不至於感傷得將合歡盆栽當作妻子的替身，但望著猶如迷你日式傳統新娘頭罩的小紅花在窗畔搖曳，便感到心平靜氣。

「年輕女人的肌膚真好。」

桂二郎輕戳著合歡已長得不小的新芽說。像是在對死去的妻子傾訴。

「我也是個色老頭啊。會想要年輕女人的身體啊。不年輕可不行。只要年輕就好。」

雖然自己是不是真的這麼想要有待商榷，但桂二郎還是這麼說。

「我就是少了很重要的東西。」

但那並不是新的伴侶，也不是年輕的情婦。也不是讓自己公司所販售的廚具市占率更加擴大的野心。

然而，肯定是少了什麼……

桂二郎這麼認為。

自己這個人的生命，是不是開始强烈渴求這個缺少的東西呢？自己心中波濤洶湧的惡浪，難道不是上原桂二郎這個人的生命所發出的信號……？

桂二郎的指尖輕撫著到了七月應該會結出小小蓓蕾的合歡的樹葉，愈來愈堅信自己的生命就是想要少了的那個什麼。

究竟是什麼呢？

然而，生命是不會告訴你的。必須自己去想。思考，這項頭腦的活動也是生命之所為。自行思考後做出的結論，結果就是自己的生命所下的結論。

桂二郎此時只想要有個人陪，想得連自己都感到羞愧，便細想這個時間有沒有人能陪自己說說話。「桑田」老闆娘的臉立即浮現在眼前。

這個時刻，她的工作應該已經結束，回到家，換下和服穿上居家服，正喘口氣稍事休息，但也可能陪著客人到祇園茶屋風格的精緻小酒吧小坐。

桂二郎心想，若是鮎子與貴客在一起只怕不方便打擾，便沒有打她的手機，而是打了住家的電話。原打算響了五聲沒接就掛斷，但聽筒很快便傳來鮎子的聲音。

「哎呀，這個時間打來，真難得。怎麼啦？」鮎子問。

「嗯，是出了點事。」

桂二郎開玩笑地這麼說，想著今晚要多抽一根雪茄，打開了雪茄保濕盒。

「咦？出了什麼事？」鮎子擔心地問。

「想要人陪啊。覺得有點寂寞……」

「還真是難得……」

鮎子放心地笑著說。桂二郎知道，她指的並不是難得桂二郎會寂寞想要人陪，而是難得在他竟會說出口。

「坦白說，不是想要人陪，是想要女人陪啊。」

「哎呀，好榮幸哪！想要女人陪的時候竟想起我。」

「再補充說明一下，是想要年輕的女人陪。」

「我也很年輕呀！才五十四。閉月羞花的五十四。」

「有沒有哪個符合條件的女人呢？年輕可愛，不至於太笨，性情好，背後沒有凶狠的情夫，不會纏著要買賓士，不會打電話到家裡公司，我想見面的時候能陪我的名器尤物。年齡二十五歲。好吧，讓個一步，二十七歲以下的也勉强可以接受。」

「作夢吧你。」鮎子說。「這樣的女人，打著燈籠也找不著。就我吧。安心又省事。不過不能離家太久就是了。」

「有丈夫的不行啊。何況賓士還打發不了『桑田』的老闆娘，只怕一開口就要我把京都嵯峨野的哪家料亭整間買下來。」

聽筒裡傳來貓叫聲。鮎子家裡有三隻愛貓時時企盼她的歸來。

「你要和年輕女孩去小小冒個險是可以，但千萬不能找一個來路不明的。」鮎子說。

桂二郎要點雪茄，便請她稍等，把聽筒放在雪茄盒旁，點起了Rafael Gonzale的Petit Corona。

「久等了。」

桂二郎這麼說卻沒有得到回應，遠遠地聽到玻璃輕輕碰撞的聲音。

鮎子與丈夫分居主因並非夫妻不和，而是為了本田家複雜的家務事才各居一方，而桂二郎也輾轉聽說她丈夫的健康狀況並不理想。

然而，就算親如桂二郎，鮎子也不願提及丈夫，因此桂二郎從未直接確認過傳聞真偽。

「抱歉呀，我去弄了杯奶茶。」鮎子說，然後問起下次要不要到滋賀縣去打高爾夫。說是有人介紹了好的高爾夫球場。

「我這裂開的肋骨，也不知道什麼時候才會好。我現在睡覺翻身還會痛醒吶。這一個禮拜一直都沒睡好。」

聽了桂二郎的話，鮎子說，裂開其實就是骨折。

「大家都說幸好只是裂開沒骨折，其實只是沒有整個斷掉而已，骨頭裂開就是骨折了。所以要治好當然很花時間。」

「不過，等我好了，我會去練習。我已經決定要好好練上一年，也和教練講好了。是個風評很不錯的教練。雖然還很年輕，但教法簡單易懂。能夠教得簡單易懂，就表示他很有才能。而且，聽說他不會拿自己的框框套在別人身上。雖然這個教練有他理想的揮桿姿勢，但聽說他不會以那個為基礎，再配合每個人的個性來教。凡事都應該要簡潔明瞭才行。」

家附近有個一手帶大四個子女的寡婦。今年六十三了，幾年前四個孩子分別都出了社會，她在五十八歲開始打高爾夫。起因是二兒子在運動用品製造商上班，被發派到高爾夫球部門……

「教練就是這位大姐幫我介紹的。她說可以找那位教練來教。」桂二郎說。

「一個五十八歲，身高一百五十三公分，體重四十二公斤的女士才五年就破百了喔。開球也才一百六十幾碼就能破百。她還說接下來要以破九十為目標，興致高昂得很。她以前是個小學老師。」

鮎子說，自己打十次球會有五次破百，但糟的時候也會打到將近一百三。

「畢竟沒有拜師學過。可是我這樣就好了。要是比客人還厲害反而麻煩。不過，要是會輸給上原桂二郎先生的話，那可就要考慮一下要不要找教練了。」

說完笑了，鮎子告訴桂二郎，在自己的認識的人當中，上原桂二郎的高爾夫是倒數前三名。

「倒數前三名？其他兩個是誰？」桂二郎也笑著問。

「丸岡物產的會長，和桐谷大師。」鮎子說。

丸岡物產的會長七十歲，而建築師桐谷六十五歲。

「這倒數三名裡，最差勁的是……」

說到這裡，鮎子問：「你聽了會不會受傷？」

桂二郎笑得身子往後仰，大喊「痛痛痛痛」，拿著雪茄的那隻手趕緊按住側腹。

「還好嗎？」鮎子邊問邊笑。

「好不容易開始癒合的骨頭裂傷和肌肉拉傷，要是笑了或打噴嚏又會拉開。我向自己嚴正發誓，在這次的傷治好之前絕對不笑也不打噴嚏，可是笑可以靠意志忍耐，打噴嚏就實在沒辦法了。」

桂二郎這樣說完，繼續摩挲右側腹。然後，說鄧明鴻的女兒恐怕不能說是來日無多，而是大限將至了。

「要不是受了這個傷，我應該可以早點去台灣的。那筆懷表的賠償金，看樣子是離鄧明鴻這個神祕女子愈來愈遠了。要是她女兒走了，就要找她孫子。如果要當作遺產來處理，那不止孫子，也得分給孫女。」

「要完成俊國的爺爺的心願，不是只要把那筆錢確實交到鄧明鴻女士的哪個後人的手上就好了嗎？」鮎子說。

桂二郎沒有把幾乎每晚都和謝翠英通 Email 的事告訴鮎子。

「等你傷好了，要不要來京都散散心？在琵琶湖畔打高爾夫球，然後到我們店裡來吃點好吃的東西……」

「嗯。我會的。」

「會有閉月羞花的五十四歲美女作陪。」
鮎子故意模仿乾旦的音色這麼說，掛了電話。
第二天早上，開完全國分店長會議回到社長室，桂二郎正在聽四月人事異動後剛上任的福岡分店長說明九州為何業績不振時，祕書小松打著有緊急報告的信號走進來。
桂二郎慰勞了福岡分店長，說：「這個，是我的一點賀禮。」
取出了事先準備好的紅包。
因為今天早上小松告訴他，福岡分店長的獨生子在二度重考之後，今年考上了國立大學。
「父母固然辛苦，但做兒子的不惜二度重考也堅持貫徹初衷的努力也令人佩服。請代我恭禧他。」
聽了桂二郎的話，福岡分店長惶恐地收下紅包，為了到羽田機場趕飛機，小跑著離開了社長室。
小松聖司目送了分店長，關上社長室的門，確定附近沒有人之後，說：「這位訪客要求見社長一面。」

將一張名片放在桂二郎的辦公桌上。

由於沒有事先預約便來訪的陌生人通常不會通報給社長，桂二郎帶著幾分提防，朝那張名片看。

上面以粗粗的明朝體印著「得揚交易公司代表 吳倫福」。

「這什麼人？」桂二郎問。

「他說，想談談鄧明鴻女士的事。我說請教一下是什麼事，但他堅持要與上原社長當面談。」小松說。

「我本來想說社長不在，請他改天再來，再强調無法為來意不明的訪客引見，但總覺得事情會更麻煩。」

「麻煩？比如說？」

「不清楚。但就是有那種感覺……」

「那是個什麼樣的人？」

「年紀大約六十左右吧。穿著清爽簡潔，高高瘦瘦的……可是，眼神讓人很不舒服。」

然後小松聖司壓低聲音，說：「他說，上原社長不會大難臨頭的，因為依照日本的法律，殺人的時效是十五年……我認為最好不要硬把他趕走。我也與社長同席。」

「殺人？那就與我無關了，請他走。」

以故弄玄虛的手法擾亂對方情緒來要求會面的人，不會是什麼好東西……桂二郎如此判斷，將吳倫福的名片還給小松，瞪了他一眼，意思是趕快照我的吩咐去做。

然而，這早該是小松心中預設的處理方式才對。然而他卻還是通報了桂二郎，可見是他從中感到有特別值得擔憂之處……

桂二郎重新考慮到這一點，「殺人是嗎……」微笑著站了起來。

「在三樓的會客室。」

小松說完，搶先走到電梯處。

「我看你不在場比較好。」

「可是……」

「我單獨見他。竟提到殺人，還真是不尋常。」

桂二郎向小松一笑，進了電梯下樓到三樓。

「我就候在附近。」

小松握住桂二郎公司五間會客室中最大那一間的門把，悄聲這麼說。

這個名叫吳倫福的男子，坐在一張容納五名彪形大漢還綽綽有餘的大皮沙發上，但一見桂二郎進來便起身，取出了名片夾。

「名片我的祕書已經轉交給我了。」

桂二郎說，自己也不出示名片，就在吳倫福對面的沙發坐下。

「不知道有何貴幹，但就算您以如此強硬的手法要求會面，您認為我會認真聽您說嗎？」

桂二郎這麼說，一面觀察穿著盛夏麻質白色薄西裝的吳倫福的面相。

「您說的是。我原也考慮應該先寫信請問上原先生的方便才是，但又想這麼做您恐怕反而不肯見我……無奈之下，只得選擇了如此失禮的方式登門拜訪。」

他的日語流利，沒有中國人特有的腔調，語氣也非常平靜，甚至平靜得要側耳傾聽否則便聽不見，但吳倫福那雙小眼睛輕易不為所動，或者換個說法，並存著喪失了情緒般的銳利與混濁。

「聽說上原桂二郎先生因故在尋找一位名叫鄧明鴻的女子，也聽說了其中的緣由，我認為或許與我尋找了將近四十年的事情大有關係。」吳倫福說。

「吳先生怎麼會知道我在尋找鄧明鴻女士和其中的緣由？」

面對桂二郎這個問題，「橫濱的中華街發生的事，除非是死了老鼠和蟑螂這種程度，否則全部都會傳進我耳裡。」吳倫福帶著冷笑回答。

「那麼，有何貴幹？」桂二郎問。

「想借看一下那枚據說嚴重損壞無法修復的懷表。」

「如果只是這件事，那容易得很。懷表現在不在這裡。在我的住處，請您另擇他日前來敝公司。我會交代祕書，讓您看個仔細。」

為何想看壞掉的懷表，桂二郎無意訊問。好了，你請回吧……正要為了表達自己的這個意思站起來時，只聽吳倫福問：「從鄧明鴻那裡偷走那枚懷表的少年真的死了嗎？」

「與我有點淵緣的那個當時還是中學生的少年並沒有偷懷表。是當時和他玩在一起的另一名少年偷的。」

「凡是共犯都會這麼說。是他幹的，我只是剛好在場……」

桂二郎不理吳倫福，從沙發上站起來。雖然對殺人這個字眼並非全然無動於衷，但若向他問起，只是正中對方下懷。

「不過是個中學生幹的事，而且又已經是四十年前的往事，卻為了賠償一枚懷表尋找一名中國人，還真是誠意與正義的化身啊！其實是號稱賠償金的封口費吧？」

吳倫福的話，讓桂二郎懷疑莫非此人知道須藤潤介其人，但對他究竟如何得知卻完全沒有頭緒。

聽須藤潤介說起懷表一事後，桂二郎與因工作性質而人脈廣的本田鮎子商量。不巧鮎子不認識詳熟橫濱中華街之人，因此便透過有幾位華僑朋友的「都都一」老闆，介紹了黃忠錦。

鮎子並沒有向任何人說起想賠償懷表的人物，是與上原桂二郎沒有血緣關係的兒子的祖父。沒向「都都一」的老闆說，也沒有對黃忠錦說……

桂二郎自己也沒有向「都都一」老闆和黃忠錦詳細說明懷表的來龍去脈，只說明了必須賠償一位名叫「鄧明鴻」的女子。

所以「誠意與正義的化身」指的是上原桂二郎，還是委託上原桂二郎支付賠償的人，桂二郎一時之間難以判斷，便站著說：「吳先生的意思我不太明白。賠償金一如字面，就是為毀損懷表所付的賠償金。因為答應一定會賠償才賠償的……既然答應了就必須做到。如此而已。」

「上原先生完全不問我為何想看那枚壞掉的懷表呢。絕大多數的人都會問為什麼吧。我以為這才是一般人極為正常的反應……」吳倫福說。

「因為與我無關。」

桂二郎說，打開會客室的門。

「我對於您為何想看近四十年前壞掉的懷表不感到興趣。因為給您看是舉手之勞，我願意給您看。吳先生自然有您無論如何非看不可的理由。但是，對我而言，吳先生的理由並不重要。」

吳倫福也站起來，扣上解開的麻質西裝外套的鈕釦，再度詢問當時身為中學生的那個人是否真的已經死亡。

「已經不在世了。二十五歲的時候死於工作中的意外。」

桂二郎以「好了，快請回吧」的態度站在打開的門邊，雙手插進長褲口袋這麼說。小松聖司就在走廊上，視線對著會客室裡的男子。

「二十五歲……走得好早啊。要是他還在，也許就能告訴我，是誰拿東西打了舍妹的頭了。只不過，如果動手的就是他本人，只怕他會裝蒜到底。」

桂二郎對吳倫福這番話聽而不聞，伸手意示：「您請回吧。」

「上原先生，您認識的那位朋友，也就是當時那位中學生，和他一起在中華街玩的另一位少年，您可認識？」

吳倫福走出會客室，在走廊上停下腳步這麼問。

「不認識。」

桂二郎以厭煩無比的表情和語氣說。

拿東西打了這男人的妹妹？既然用了殺人這個字眼，那麼就應該解釋為他妹妹因此而死了。

這個吳倫福找了近四十年，找的就是在橫濱的中華街殺死自己妹妹的兇手嗎？而可疑的嫌犯當中，也有俊國的父親須藤芳之……？

怎麼可能有這麼荒謬的事。

桂二郎邊想邊望著走向電梯的吳倫福，以及顯然是打算親眼目送他離開公司大樓的小松聖司。

吳倫福忽然轉身，問：「四十年前那位還是中學生的少年，和上原先生是什麼關係？」

又問：「若還在世，年紀和上原先生相差無幾吧。是您的好友嗎？」

桂二郎不答，走向走廊盡頭的樓梯，回到五樓的社長室。

他心生後悔，覺得見一個突如其來的陌生訪客是個錯誤。然而，像吳倫福那種人，若在公司裡見不到，想必會找到家裡來。那是一雙打定主意不容別人輕易打發的眼睛……

這麼一想，桂二郎決定要轉換不愉快的心情，便看了各分店長提出的報告。札幌分店的報告最後寫著，一名進公司第三年的員工將於這個月的最後一個星期六舉行婚禮。

於總公司舉行的全國分店長月會中，桂二郎不僅要求業務報告，也要求各分店長報告各分公司員工發生的大事。

這些報告幾乎不脫婚喪喜慶，但上個月名古屋分公司一名進公司第二年的女員工在下班途中遭到搶劫，當時不巧撞頭到，桂二郎一看到這項報告便立刻致贈慰問品。

今年過年期間，大阪分店業務部的中堅員工發生車禍，同車的七十歲母親膝蓋骨折。

二月與三月，也分別報告了家有考生的社員們幾家歡樂幾家愁的結果。

這些社長桂二郎不見得會一一反應。自他出任社長以來，關於員工工作以外的這份趨近半義務化的報告，也曾有人抗議認為侵犯隱私。

然而，這樣的意見不知不覺間消失了，上原工業獨特的公司文化——使公司整體形成一種家族性團結的骨幹，主要便是來自於社長在完全不介入私生活的形式下，關心老員工乃至於新員工私生活中發生的大事，因而營造出有默契的親近感。

桂二郎打電話到祕書室。小松聖司還沒有回到自己的座位。他交代一名女員工：「幫我包結婚紅包給札幌分行的小野正義。」

又說：「當然是我自己個人出。我這就拿給你，過來拿。」

桂二郎從錢包裡取出五張萬圓鈔，然後看起報告。

祕書室的女員工來了，桂二郎把五萬圓交給她，請她換成新鈔後再送過去。

女員工接了五萬圓。

「社長……」

她說：「社長，您知道根本理香嗎？」

「根本理香……哦，總務部的？是去年進公司的吧。」

「根本小姐將代表神奈縣去打全國女子空手道大賽。神奈川有資格參賽的只有兩人，也就是說，她的空手道是神奈川女生的前二名。」

「哦，這個厲害。原來她在練空手道啊……」

桂二郎一臉驚訝地問，一邊取出本來已經收好的錢包。根本理香在日本年輕女性中身材也十分嬌小，在公司裡不怎麼起眼。

「既然是神奈川的前兩名，那一定很厲害。大部分的男人一招就會被她擺平吧。」

女員工說，這個星期日就是全國大賽，公司裡好幾個人要去為她加油。

「比賽在哪裡舉行？」桂二郎問。

「大阪。大家要搭前一晚的長途巴士去，搭新幹線回來。」

桂二郎邊說搭長途巴士很累人，邊從錢包裡取出五張萬圓鈔，笑著說：「我不知道有你們多少人要去，不過就到那個美食之都吃點美食再回來吧。這幾張鈔票，總該夠你們吃滿肚子章魚燒了。」

女員工雙手恭恭敬敬地接過紙鈔，道了謝，大聲說會買禮物回來給社長，然後離開了社長室。

「十萬塊一下子就從錢包裡飛走了。」

桂二郎把消瘦了不少的錢包舉到自己面前，喃喃地說，然後又回去看報告。

小松聖司回來，報告說吳倫福離開公司後搭了地鐵。

「他見社長有什麼目的？」

小松問。

桂二郎大略複述了，說：「我在找鄧明鴻的事，還有我找她的原因，他怎麼會知道？」

「會不會是黃先生的朋友傳出去，傳了幾手之後，傳進了他耳裡？」

小松說。「既然那位相當於橫濱華僑的活字典的老人，都說鄧明鴻女士是

『那個無血無淚的婆娘』了，那麼也有可能是從那老人口中傳出去的……」

「我會把懷表帶來，你幫我保管。」

「您真的要給他看嗎？」

「只是看喔。要是他再來聯絡，你就叫他來公司看。我就不見他了。」

小松回答明白了，看了一下桂二郎桌上的小時鐘。

「社長中餐如何解決？T會館的聚會是一點開始。」

「我隨便吃點東西再去。我就怕在立食派對裡吃東西。」

桂二郎要小松請公司地下樓的咖啡店送咖啡和三明治上來，又回頭去看桌上的報告。

下午一點起，是招待關東甲信越地區超市老闆的懇親會。桂二郎在懇親會上致辭，感謝十多位老闆平素的照顧後，必須中途離席，立刻趕往世田谷S商事社長府邸。因為S商事社長夫人的葬禮將於下午三點舉行。

「喪服我放在車上，請您在T會館換上。」

小松說，然後離開了社長室。

參加完葬禮之後，又要換衣服，五點在赤坂的料亭與義大利的M社社長夫婦用餐。M社在義大利是擁有兩百年歷史的廚具製造商，與上原工業有五項技術合作。

他們夫婦十年前也曾為工作兼觀光前來日本，當時夫人是由妻子幸子接待的。幸子帶她們去看大相撲，到箱根泡温泉還住了一晚。幸子往生的時候，夫婦倆曾捎來一封情意真摯的長信。

而M社社長夫婦也在一年後，因車禍失去了女兒。

「殺人嗎……那個人是真心懷疑一個中學生殺了自己的妹妹嗎？」

桂二郎在心中暗自這麼說，想起吳倫福那雙與一身整潔的儀容形成對照的眼睛，真教人厭惡。

他想念起須藤潤介。總社市高梁川畔的油菜花多半已謝，正值稻田蓄水插秧的時期……

俊國搬完家，請幫忙的同事到車站附近的一家義大利餐廳吃飯，桂二郎便又打開自己那台仍放在俊國房裡的電腦。

去看看信箱，顯示有兩封新郵件。

——成功了。

其中一封寫著這樣的標題。

——呼，搞了一整天。但我電腦也設好了喔。不過，這是請我店裡的節子打的。

信是本田鮎子寄來的。

桂二郎笑了，然後打開另一封信。

——我是翠英。

在這個標題下，

——今天早上，家母過世了。最終還是無法向家母提及那只懷表和賠償金。我會在這裡待一陣子才會回日本。

整封信便結束了。

桂二郎考慮要不要回信表示哀悼，但電腦可能不是翠英的，所以桂二郎回信到翠英平常用的那個電子信箱。想說等她回日本再看就好。

桂二郎決定把電腦搬到寢室，已經安排好要新牽一條電腦專用的電話。後天會來施工。

由於看了一半就去看翠英的信，桂二郎沒有把鮎子的信看完。

——肋骨的狀況如何？我發現了兩塊大腸瘜肉。

自妻子謝世以來，桂二郎就對腫塊、瘜肉、腫瘤之類的字眼變得很敏感，皺起眉頭湊近鮎子寫來的Email，反而更加看不清，便戴起老花眼鏡。

與一般五十四歲男性相比，桂二郎的視力良好，如果不是眼睛特別累，不戴老花眼鏡也能看報。但他還是有一副度數最輕的老花眼鏡。因為不戴老花眼鏡雖然能看報，有時候卻看不清電腦上Email的文字。

——醫生說只要住院兩晚就好，所以我準備後天下午進醫院，第二天上午摘瘜肉，第三天就回家。

沒事也要時不時寫Email給我喔。女人很多，又不止年輕的中國女孩。我也會練習自己打字的。掰掰。鮎子。

今天是星期六，所以鮎子下週一就要住院了啊……從字面上看來，她的大腸瘜肉應該不是惡性的……

桂二郎這麼想，給鮎子回了信。

——不如趁摘瘜肉這個機會，稍微讓身體休息一下吧？見不到老闆娘的料亭筵席雖然少了幾分光彩，但若知道你身體不適，想必客人也不至於有怨言。建議你，出院之後直接去哪個溫泉住個兩、三天，什麼都不想，發呆放空就好。我也可以幫你介紹幾家好飯店、溫泉旅館，不過我想在那個業界「桑田」老闆娘的面子應該比我大得多……

寫了以上的內容之後，為了萬全起見，桂二郎還是附上了距離京都行程一小時內的溫泉，以及自己喜愛的飯店、溫泉旅館，才把信發給鮎子。

今天早上肋骨的疼痛突然緩和了，但桂二郎仍認為輕忽是大忌，以左掌護著右側腹，走到客廳。富子從大門那裡回進屋內，邊將一個信封放在桂二郎面前，邊說剛才有位姓新川的女子來訪，要她轉交這個。

信封上寫著「上原桂二郎先生收」，背後是「新川千鶴子」，字非常漂亮。

「新川……我不認識。是來推銷的嗎？」

「不是，來訪的小姐說她是這位新川千鶴子女士的女兒。說她去世的母親要她把這個交給上原先生。」

富子說，她還在遲疑該不該收，那位小姐就已經快步朝車站走了。

桂二郎打開信封，取出裡面的東西。是一張支票和信紙。支票的面額是兩百二十萬。

「她長什麼樣子？穿什麼衣服？」

桂二郎邊問邊朝玄關跑，穿上涼鞋。

年紀約三十歲左右。穿著深藍色的長褲套裝……

桂二郎邊聽邊匆匆推開大門，跑向車站。

他對「新川」這個姓氏沒有印象，但「千鶴子」這個名字，以及兩百二十萬這個金額卻是心裡有數。

在車站前追上了穿著深藍色長褲套裝的女子，桂二郎叫住她。

桂二郎自報姓名，遞出信封說自己不能收，為了怕嚇到對方，喘著氣硬擠出笑容。她臉型瘦長，有股說不出的柔弱，看似二十六、七歲，也像三十二、三歲。

「這位千鶴子，是依田千鶴子女士吧？」桂二郎說。

「是的。舊姓依田。」

女子以困惑的表情回答。

「聽說她去世了，是什麼時候？」

桂二郎這麼問，她回答今天正好兩週。

「你是千鶴子的女兒，請問大名？」

「綠。我單名綠……」

「在這裡站著說話不方便，到那邊喝個咖啡如何？」

桂二郎指指麵包店隔壁的一家咖啡店。

「好的。真不好意思，突然上門打擾。」

新川綠說，然後以聽來有些顫抖的聲音繼續說，因為只是轉交母親交代的這個信封，所以並沒有打算直接與上原先生見面。

「綠小姐知不知道信封裡裝了什麼？」

桂二郎邊走向咖啡店邊問。新川綠只回答知道，跟在桂二郎的二、三步之後。

一進咖啡店，桂二郎便與綠在面馬路的位子相對而坐，點了兩杯咖啡，然後才總算看了此時才有空看的信。

——看你的工作愈來愈順利，非常為你高興。歸還這筆借款的時候終於到了。儘管想多活久一點的心情，和自己已經活得夠久了、累了、想休息了的心情正彼此交戰，但此刻我的心無比安詳。謝謝。保重。新川（依田）千鶴子。

——

桂二郎看完，對綠說，自己的確在三十年前給了令堂這筆錢，但不是借，而是為了種種事項的謝禮，不必還。然後又問綠幾歲。

「二十九。」綠回答。

「記得令堂是五十……」

「五十四歲。」

綠這樣回答，從手提包裡取出手帕，悄悄擦了擦手心。

桂二郎心想她大概是緊張得流手汗了吧。

「是啊。和我同年嘛。」

這麼說，再次加强語氣。

「這筆錢，就算是令堂的遺願，我也不能收。」

然後把信封推到新川綠面前。

「無法成全逝者的遺願，實在非常抱歉，但令堂實在沒有必要還我這筆錢。我只能心領。這麼說雖然老套，但令堂人品，令我銘感五內。我絕對不能收這筆錢。」

然後，桂二郎說自己二十四歲的時候，在工作上非常受到令堂照顧。

「令堂似乎將這筆錢解釋為向我借來的，但我給她這筆錢的時候，是當作她幫忙的正當報酬。」

「家母隻字都沒有提過這是一筆什麼樣的錢。現在的兩百二十萬是一大筆錢，三十年前的兩百二十萬……我對貨幣的價值不太了解，但一定是一筆非常大的錢。二十四歲的家母，幫了能大方收下兩百二十萬的忙，請問，究竟是什麼樣的忙呢？」

被綠這麼一問，桂二郎一時卻編不出值得信服的故事。要是隨口說謊，會讓這女孩知道她不必知道的事……

「我是在三十三歲才繼承家業，但很早就知道自己將來會繼承了。所以大學畢業之後，我就到與家中產業相關的行業上班……」

桂二郎邊說腦子邊轉，謹慎思考該編造什麼樣的情節。

絕對不能告訴她，這兩百二十萬，對桂二郎而言，對上原家而言，其實就是與千鶴子的分手費。

「當時，才剛進社會兩年的我，就是呢，該說是初生之犢不畏虎，急著想立功，想向公司和自己家裡顯顯本事，想和當時完全沒有來往的兩家公司簽約，結果失敗了……那時候，是令堂幫了我。」

好牽强的故事啊……儘管心裡這麼想，桂二郎還是決定只能把這個謊說到底。

一知道新川綠二十九歲，桂二郎心中便產生了一股只能說是不安的騷動，一時心慌，便覺得必須向她說明這兩百二十萬圓的性質，但冷靜想想，只要冷淡些，說令堂所做幫的忙值得那樣一筆報酬，不必歸還即可，所以桂二郎說了就後悔了。

「……這樣呀。」

綠也只是如此回應而已，並沒有追問上原桂二郎二十四歲時犯下了什麼失誤、自己的母親又幫了什麼忙。

「我記得令堂有位哥哥……」

桂二郎邊說，邊在腦海裡描繪出那個實在不像是千鶴子的哥哥的男子的模樣：一雙令人聯想到塵蟎或水蛭的三白眼，以及手臂、手背上粗得異樣的血管。

「我舅舅嗎？」綠反問，然後以稍事思索的表情，望著送上來的咖啡，說：「很久以前就過世了。我想應該是我兩、三歲的時候。」

雖然聽說自己有個英年早逝的舅舅，但畢竟連長相都不記得，母親的相簿裡也沒有他的照片，在聊起過往時，母親好像也從未提及自己的哥哥……

綠的話大意如此，說著望著桂二郎。或許是緊張多少解除了些，肩頭的線條放軟了，一雙温柔的眼睛——這才是她原本的模樣吧——讓她看起來像二十四、五歲。

原來千鶴子的哥哥死了啊……而且是二十七、八年前就死了……想必也是不得好死……

桂二郎鬆了一口氣，為這兩百二十萬能夠在她哥哥不知情之下幫千鶴子圓夢而感謝上蒼。

「新橋的店現在也還在嗎？」桂二郎問。

「在。雖然老闆娘不在了，但家父從今天起，會以酒保的身分繼續開店。自從家母去世以來，一直沒有營業。家父說，靠自己一個人，實在沒有心力把那家店繼續開下去，但在許多客人鼓勵之下，總算願意開店了。我打算以後常到店裡去幫忙。」

說完，綠問：「您去過新橋的店嗎？」

「沒有，終究沒去成。」

雖然曾經到那附近，但並不是專程去尋找千鶴子的酒吧，而是為了其他的事到了附近，想起她的酒吧就在那一帶，便無意識地加快腳步離開。這樣的情形發生過兩、三次。

「家母在新橋開店之前，好像是在團饍公司上班，是工作上與上原先生的公司有往來嗎？」綠問。

「我和令堂是在同一家公司上班。令堂是高中畢業就進公司了，所以雖然和我同年，在公司裡卻是有四年資歷的前輩。」

知道千鶴子的那個哥哥早就死了，桂二郎放鬆了警戒，多半因此而變得比平常多話。

一驚覺到此，桂二郎便端起咖啡杯，送到嘴邊，不再說話。

「店裡大概有五位常客是上原工業的員工。」綠首次露出笑容說。

「哦，這樣啊。」

「那幾位都是二十年的老客人，也出席了家母的喪禮。據說也是家母健行爬山的山友。」

五個人這麼多啊……而且是二十年的老客人，那麼就是四十歲以上的員工了——桂二郎心想。

「綠小姐，你剛才說以後要常到店裡幫忙，這麼說，之前都一直沒有在店裡幫忙？」

桂二郎這一問，綠回答自己在建築設計事務所上班，然後從手提包裡取出名片。

上面印著「小倉勇策建築設計事務所 一級建築師 新川綠」。

「一級建築師……哦，二十九歲就拿到一級建築師的執照，相當優秀啊。而且說到小倉勇策先生，更是無人不知無人不曉。」

「不過電視藝人的身分比建築師還要有名。」

綠說，然後端正坐好，再度將信封推到桂二郎面前。

「我不知道其中的情由，但這是家母交代我，要我確實送還給上原桂二郎先生的。」

「不，我不能收。我沒有理由收下這筆錢。多半是三十年前，令堂不知為何誤會了，以為這筆錢是將來要還的。不過不是的。這筆錢，是新川千鶴子女士應得的正當報酬。」

桂二郎這麼說，把信封推回綠面前。

然後將自己這張員工們背地裡說被瞪上一眼會毛骨悚然的「可怕的臉」，裝得更可怕，瞪著綠。

他就是要告訴綠，上原桂二郎絕對不會收這兩百二十萬，要她死心。

綠一臉為難，望著桂二郎許久，久得令人感到意外。但她的眼中並沒有害怕。

「好的，我明白了。家母想必會十分遺憾，但這筆錢，我會帶回去。」

綠說，然後問起OL時代的母親是個什麼樣的人。

「乍看之下柔弱不可靠，但實際上是個個性堅强、聰明伶俐、工作能力很强的女性。」桂二郎說。「所以，我很想看看千鶴子女士當起酒吧老闆娘是什麼樣子，但終究沒有機會了……」

桂二郎微笑著說，心裡很想知道綠的出生日期。

他記得和千鶴子最後一次發生關係是五月中旬。那時候，兩人心中已經明白不得不往分手的方向走了。

千鶴子的母親再婚的對象，有一個比千鶴子大兩歲的男孩。這個沒有血緣關係的哥哥名叫龍郎，十五歲時就因為順手牽羊被輔導，高中一年級就退學，原因是鬧出傷害事件。

千鶴子厭惡新爸爸，也厭惡這樣一個哥哥，高中一畢業便從靜岡來到東京，在總公司位於大阪的團膳公司的東京分公司會計部上班。

那時候，據說她哥哥已經成為靜岡當地的黑道成員。

公司的人事部並不想僱用這樣一個女孩，但千鶴子似乎有什麼人脈讓公司無法拒絕。

千鶴子在會計部三年後，轉調外包各企業員工餐廳的部門。千鶴子努力開拓競爭激烈、陋習多、業者與負責人勾結也多的校園團膳，屢創佳績，甚至有人在背後陰損謠傳說她的生意只怕是侍寢陪睡搶來的。

正好在這時候，桂二郎大學畢業進入千鶴子工作的公司，第二年調到東京，發派到同一個部門。

桂二郎倒是不記得自己曾特別受到千鶴子吸引。他認為是千鶴子對自己懷有强烈的好感，而這並非他自抬身價。

在某一次的歡送會之後，他們與其他同事在夜晚的新宿街頭走散，只剩下桂二郎和千鶴子兩人。於是他們又另外找地方喝酒，在某家酒吧裡喝到沒有電車可回家，醉醺醺之下成就好事。桂二郎是千鶴子的第一個男人。

順其自然……桂二郎對自己和千鶴子的將來僅抱持這樣的想法。雖然並非熱戀，但千鶴子的相貌在水準之上，最重要的是個性好……若交往下去，兩人的關係成熟了，結婚也沒什麼不好，但自己卻也無意主動積極走上紅毯……桂二郎對千鶴子的感情，若真要説，大約便是如此。

然而，在他們成為男女朋友將近一年時，千鶴子的哥哥找上了桂二郎。

那相貌打扮一眼就看得出是黑道中人，也不知他是怎麼查到的，知道桂二郎將來應該會繼承上原工業。

龍郎以親暱的語氣問你對我妹妹有什麼打算，一再强調從今以後和上原就是郎舅了。由於這個哥哥的出現，桂二郎對千鶴子的態度轉為退縮，終究無法將她視為結婚對象。然而，之後桂二郎與千鶴子的關係依然持續著，直到桂二郎的父親得知此事。

也許是身為父親的直覺，桂二郎的父親對千鶴子詳加調查後命桂二郎：既然無法將此女娶進上原家，現在就斷乾淨。

就算和酒家女玩玩也是要花錢的。儘管沒有血緣關係，那個男人在戶籍上依舊是哥哥，考慮到他過去的紀錄，你要和她分手沒那麼簡單。

去和她商量，給她錢，作為精神賠償。只要有證據證明我們拿出誠意付了錢，剩下的處理方法多的事……最重要的就是付錢分手……

父親說這是與律師討論後的結論。

桂二郎也認為這麼做是上上策。父親所說的龍郎的惡行，心狠手辣，惡毒的程度遠非桂二郎所知的世界能夠衡量。考慮到往後漫長的人生，千萬不能愚蠢得試圖去過一道過不了的橋……

桂二郎老實將自己的想法告訴了千鶴子，雖然完全就是有錢人家的少爺的作法，但還是請她開出一個分手所需的金額。

千鶴子聽桂二郎這番話時冷靜得令人意外，說請給她十天的時間考慮。

她言而有信，在第十天說：「新橋有一家店要頂讓。我已經不想再對付公所、教育委員會、衛生局這些單位，也不想再待在現在這家公司了，請給我買下這家店的錢。」

金額是兩百二十萬圓。

這筆錢到底算多還是算少，桂二郎不知道。那是大學畢業起薪四萬的年代。

那家新橋的店，是戰後一名女子所開的酒吧，千鶴子在會計部工作時，每週有三晚在那裡打工。那家酒吧並非有小姐坐檯的俱樂部形式，規模很小，只有老闆娘和酒保兩人，但老闆娘去年大病一場，想將店頂讓。酒保手藝好，人品也不錯，酒吧本身也培養了許多素質好的常客。自己對於酒吧的經營雖然完全外行，但多少有些儲蓄，再加上兩百二十萬，就能擁有一家自己的店……

真對不起，我哥哥給你添麻煩，讓你擔心了……千鶴子這麼說，向桂二郎鞠躬道歉。

應該鞠躬道歉的，是這個沒有用的我。桂二郎這麼說，向千鶴子深深致歉。

那天晚上，宛如分手儀式般，兩人不約而同地，走向平常去的賓館。

千鶴子隨即便辭職了。

一年半後，與她特別親近的同事和上司收到了開店的邀請函。

而從此之後，桂二郎便再也沒有千鶴子的音訊，原以為會上門糾纏的哥哥也沒有現身。

「綠小姐，令尊從開店以來，就一直在新橋的店當酒保嗎？」桂二郎問。

「是的。家父在現在的店還叫『駱駝』的時候就是店裡的酒保了。」

綠這句話，讓桂二郎想起：對，就是叫「駱駝」。

千鶴子說過，把店頂讓給她的老闆娘只抽「駱駝」這個牌子的美國菸，所以把店名取為「駱駝」。

「令尊多大年紀？」

「六十三歲。」

綠將信封收進手提包。

桂二郎心想她的手指長得和千鶴子一模一樣，邊問：「令堂是因為什麼病過世的？」

「乳癌。三年前動過一次手術……」

綠看了看表，說她還有工作，站起來。

「工作……建築設計那方面的嗎？」

「是的。我應該在上午完成的工作一直還沒處理。」

說完，綠行了好幾次禮，離開了咖啡店。

桂二郎一回到家，便看到請幫忙搬家的同事去車站附近的義大利餐廳吃飯回來的俊國，正把紙箱往自己房間搬。

「我的電腦，可以從你房間搬出來了。」

桂二郎說。因為肚子還不餓，就告訴富子自己等一下再一個人吃，進了寢室。

假日在家的時候，不管有沒有食欲，六點整和富子一起吃晚飯，已成為妻子死後的慣例。

「是不是身體不舒服……」

富子問，但桂二郎沒回答便關上寢室的門。

——對不起，還跟你要錢。

最後那晚，千鶴子這麼說。

你在說什麼呢。錢不是你想要的。還不都是我父親嚴命我在分手之際要展現誠意……

桂二郎想這麼說，但千鶴子卻因那個與自己沒有血緣關係的哥哥的出現，造成向桂二郎要這筆錢的結果而感到羞愧。

即使如此，要在新橋開店，無論如何都需要這兩百二十萬。

那時候，我和千鶴子之間應該一次都沒有提到「借」這個字眼才對，桂二郎想，仰躺在床上。

千鶴子不是傻瓜。不僅不是，還聞一知十，一知道分手是因為她那個哥哥的出現造成的，便體諒上原家的想法，很乾脆地抽身離去。千鶴子自己的路就不知道被那個哥哥打斷過多少次。

所以，千鶴子應該也明白那兩百二十萬是為了一刀兩斷的分手費才對。

可是，她卻在臨死前，交代女兒說這是借來的錢，要女兒代為歸還……

這其中難道不是別有深意嗎？好告訴上原桂二郎他有緣這個女兒……

相。

「二十九歲啊。」

桂二郎在心中喃喃地重複二十九歲、二十九歲，在腦海中回想新川綠的長相。

儘管覺得還是應該問問她的出生日期，但仔細想想，這對綠來說肯定是個莫名其妙的問題。

桂二郎心想不如打電話給一個學生時代的朋友大木田雄市，他現在在大阪自行開業行醫，於是他從寢室窗畔的書桌抽屜裡，取出抄有非關工作的朋友的住址電話的記事本。

「假如五月一日發生關係……」

大木田一接電話，桂二郎便這樣開頭。

「如果因為這樣，就是……要是懷孕了，孩子會什麼時候出生？」

桂二郎這一問，大木田粗聲笑了，說：「喂，有了嗎？對方很年輕嗎？真教人羨慕啊，上原桂二郎五十四歲還能讓年輕女人懷孕啊……太太先走一步固然遺憾，但能夠重回自由之身，我也替你高興。」

「不是啦，不是我。只是想了解一下醫學常識。」

桂二郎也笑著說。

「五月初啊……唔——，」

大木田低聲這麼說，然後計算什麼般喃喃數了一會兒。

「二月吧。」

他說。

「要正確舉出是二月的哪個日子，必須從女方最後一次月經開始的日子推算，不過那也不是最正確的。有時候會比預產期早，有時候反而拖得更晚。不過，只要不是早產，就是二月。第二年的二月。」

「是嗎，二月嗎……」

「喂，桂二郎，你明年二月就五十五了吧。」

「哎，就跟你說不是我。」

總不能這樣就道謝掛電話，所以桂二郎問起大木田雄市的近況。

「下週我要去開白內障。」

大木田說。多年來以內視鏡為患者檢查，內視鏡的光線太強，因此罹患白內障的醫師和醫檢師很多。

「這是職業傷害。啊，還有，下個月我頭一個孫子就要出生了。已經知道是女寶寶了，不過還真是懷念以前東猜西猜，全家一起賭是男是女的時候啊。」

「是兒子那邊要生？還是女兒？」

「是我兒媳婦啦。女兒還沒嫁呢。今年底就要三十了，還一心一意研究她的韓國傳統表演藝術。一年有十個月都在韓國。」

桂二郎稍微聊了一下自己的近況才掛了電話。

「二月……」

喃喃地說，然後又在內心說：「也可能是三月初了。」

綠口中的父親，雖然在上一個老闆娘的時候便在那家酒吧當酒保，但自己與千鶴子分手的時候，千鶴子應該沒有和其他男人在一起……

這樣的疑點必須解決。這種事可不是心中有了疑竇還能擱置的。

該如何調查新川綠的出生日期呢……

桂二郎尋思，同時心中不斷浮現綠望著自己時，那此刻回想起來依然令人感到奇妙的深遠目光。

一回到客廳，富子在便條紙上寫了如何熱晚餐，人已經回家了，俊國的房間傳出莫札特鋼琴協奏曲。

這種私人問題總不能找祕書小松聖司商量，要他調查新川綠這名女子的生日……

這樣想著，桂二郎便發現自己沒有一個真正的朋友，但當他捧著樹葉閉合的合歡盆栽，注視著猶如整體合掌般的小小樹身，他微笑著低聲說：「不，我有一個好朋友啊。」

心中浮現「桑田」老闆娘本田鮎子沉思默考著以正確的步調在高爾夫球場上向前走的模樣。

明天是星期天，桂二郎受邀參加某財界舊識的小女兒的婚宴。這個女孩自女子大學畢業後，曾在上原工業工作三年，因此桂二郎要以前社長的身分致賀辭。

婚宴是下午一點開始，就算拖得再久，應該也趕得上傍晚五點的新幹線吧……

鮎子是後天住院。明天又是「桑田」的公休日……

既然有大腸瘜肉，可以想見身體狀況和食欲都不會太好。況且，雖然只是住兩晚，但女人一旦要住院，一定有很多準備工作……

桂二郎猶豫了一個鐘頭，才打電話到鮎子位於下鴨的住處。

「你怎麼知道有大腸癌肉的？」

對於桂二郎這個問題，鮎子回答：「每年，『桑田』的全體員工包括我在內，都要做一次健康檢查。就是這樣查出來的。」

接著她又說，但是自己沒有任何自覺症狀。

「食欲好得氣人，這幾天不必安眠藥幫忙也睡得很好……」

「我這邊發生了一件意想不到的事。」

桂二郎說，聽筒貼著耳朵便再次進了寢室關上門。

「我明天下午有事，不過我想應該搭得上傍晚的新幹線。如果搭上五點左右的，八點前就會到京都，那時候你有沒有空？」

「你要專程跑來京都？」

鮎子顯然十分吃驚，但沒有問原因，說了一家位於高台寺附近的茶屋風格酒吧的名字。

這家店鮎子曾帶他去過兩次，正好就在一連好幾家知名料亭聚集的一個區塊後側，細巷交織，家家戶戶的外觀都是一般舊式的京都民宅，很多店家都沒有掛出招牌，桂二郎沒有自信能順利抵達不迷路。

但是，他覺得在京都祇園附近迷路也不是壞事。

「那，我八點半到那家店。」

說完掛了電話。

通完電話仍從寢室的窗畔望著庭院，直朝著妻子在玄關旁沿著房子東側的牆所種的藤蔓玫瑰那燦然盛放的耀眼花朵望。

桂二郎在懷念的同時，也想起了自己說要和幸子結婚的時候，父親也反對過。

「你喜歡的女人就沒一個正常的？」

父親一聽幸子死了丈夫，還有一個二歲的兒子，就一臉受不了地這麼說。

「上原家的兒子為什麼偏要娶個帶著拖油瓶的女人？配得上你的單身女子多的是。」

「爸連她本人都沒見過，又知道了？」

「你看起來大人大種的，但精神年齡才十五、六歲。那個兩歲的小男孩又不是你親生的，你有把握能當他的父親嗎？」

「有。我能像愛自己的孩子一樣愛他。」

「你瘋了！你以為你是愛情片的男主角嗎！」

但，結果父親見了幸子，還說：「搞不好給你撿到一個好女人了。像你這樣天真的少爺，也許正適合一個年紀輕輕就因天外飛來橫禍而死了丈夫、吃過苦的女人。」

父親是和帶著兩歲兒子的幸子一起吃飯，以他獨特的識人眼光來品評幸子，但卻從未對桂二郎說過他對幸子有什麼樣的評價。

母親更加反對桂二郎與幸子的婚事，也是父親說服了母親。至於是如何說服的，桂二郎也不知道。

幸子那慢半拍般温婉的說話方式與待人處事，以及與生具來的清新，令人感覺到她開闊的胸襟與豐富的內涵，不由得將她的幾個小缺點拋在腦後，而立刻將原本多少以不懷好意的視線觀察她的婆婆和上原家的親戚變成推心置腹的好朋友。

「我也真是讓老爸費了不少心。」

桂二郎望著藤蔓玫瑰喃喃地說。也曾經有一段時間，他毫無理由地憎恨父親，事事忤逆，在那段時期過去之後，也不會與父親談心，直到如今，才明白父親的力量有多大……

父親為上原工業打下了作為一家公司的基礎，但自己在擴大市占率、更加穩健的經營方面注入心血，珍惜父親那一代留下來的員工，因此他能夠問心無愧地說，自己所領導的公司，讓許多員工能夠過著不虞匱乏的人生。

然而，所謂的事業，未來都是未知的。俗話說，滾石不生苔，上原工業也到了該一新耳目的時候了。不妨來一場大刀闊斧的人事異動……

小松聖司雖是個優秀的祕書，但為了他的將來著想，最好讓他到市占率和銷售力都最弱的分公司去，在業務方面多加歷練。

小松的後繼人選……就把業務總部的雨田調到祕書室，體驗貼身跟著社長工作，先體驗個三年吧……

心思一轉到工作上，桂二郎的心就靜下來了。

俊國來到寢室，問：「咦？爸，你還不吃晚飯啊？」

「就是沒什麼食欲。」

雖然這樣回答，但覺得就算沒食欲也該吃飯，桂二郎便來到廚房，以微波爐熱富子盛在盤子裡的菜。結果，俊國問起：「剛才在咖啡店的女人，就是那個中國人？」

他說他在義大利餐廳請朋友吃過飯，想換個地方喝杯咖啡，到麵包店附近的咖啡店一推開店門，就看到父親和一個年輕女子談得正熱絡，心想最好迴避，就到車站後面新開的那家咖啡店去了。

「不是，那不是謝翠英小姐。是我以前的朋友的女兒。那個朋友過世了，她特地來通知，我想該請她喝杯咖啡，才到那家咖啡店去的。」

桂二郎望著微波爐說。

「我朋友說，她是個美人。」

「會嗎。美人啊……我倒覺得也不是多頂尖的美人。」

「很漂亮啊。這年頭很少見。」

「很少見？怎麼說？」

「該說是臉蛋很復古嗎……很知性，穿著也落落大方，很有品味……也就是說，感覺一點也不輕浮花稍。不過，這是只看一眼的感想……她幾歲？」

「她說她二十九。」

「爸，你最近身邊怎麼老是圍繞著年輕女子？」

「圍繞……也不過就是謝翠英小姐和剛才那位小姐而已啊。而且剛才那位只是在咖啡店裡稍微聊聊而已。」

感覺風向不太妙，桂二郎便把微波加熱好的菜端到餐桌，微笑著消遣俊國：「既然剛才那位小姐是個美人，那和對面的冰見留美子小姐相比，如何？」

俊國向冰見留美子報假名這件事，桂二郎一直暗藏在心。

「十年前一見鍾情的對象，和剛才的小姐，在你看來哪一個比較漂亮？」

「啊，爸就愛提我不願想起來的事。」

俊國說完苦笑，幫桂二郎熱了海瓜子味噌湯。

「她才不記得那封信的事呢。當然啦，都十年前的事了。要是還記得，我才不敢搬回來呢。我一定會羞愧得連見都不敢見她。」

「你沒有回答我的問題喔。」

桂二郎露出更加奚落的笑容，問剛才那位小姐和冰見留美子相比，誰比較吸引你。

「唔，還是冰見小姐吧。」

俊國害臊地回答，打開桂二郎的雪茄保濕盒，問能不能抽一根。

「爸你會建議初學者抽哪根？上次抽了菲律賓產的 Tabacalera，這次我想試試哈瓦那的。」

「那，就 Montecristo 的 Petit Corona 吧。味道很温和。」

桂二郎取出一根雪茄，以雪茄剪剪出切口。

「點火要仔細一點均勻點上。要是點火的時候偷懶，再上等的雪茄都會變得一文不值。」

然後又說：「是嗎……現在也還是覺得冰見小姐很迷人啊？」

又看著俊國笑了。

「冰見小姐又搬回那個家，你一定嚇了一跳吧。」

「嚇死我了。害我一顆心狂跳。沒多久佐島爺爺不就出事了嗎？那時候我本來已經死心想說不行了，可是她不認得我的長相，我才鬆了一口氣。」

「那當然啦，都十年了嘛。十五歲的孩子過了十年，長相當然會變啊。」

「可是，她都沒變。我還覺得她比十年前更漂亮了。」

「哦……可是，你總不會還一直喜歡著十年前一見鍾情的對象吧？」

「當然啊。」

俊國這樣回答桂二郎的問題，但桂二郎看穿了兒子的真心。

哦，原來現在還是喜歡她啊……但想歸想，桂二郎並沒有說出來，而是開始吃遲來的晚餐。

第二天，出席了婚禮和婚宴之後，借用了新郎休息室換下禮服穿上西裝外套，桂二郎按原定時間在東京車站搭上了新幹線。

一路送他到月台的小松聖司說，只要社長通知回程新幹線的抵達時刻，他會到月台來迎接，然後一直在月台上站到桂二郎所搭的新幹線開車。

到了京都車站，桂二郎走向計程車招呼站時，手機響了。是小松打來的。

「社長順利抵達了嗎？」

「抵達了啊。你別這麼擔心……我又不是小孩。」

桂二郎笑著回答，問是否已經訂好他去京都固定投宿的飯店。

「是，訂好了。是同樣一個房間。」

桂二郎道了謝掛斷電話，上了計程車，請司機到高台寺。

京都路上車不多，桂二郎比約好的八點半提早三十分鐘抵達高台寺門前，走在分明是星期天行人卻意外稀少的石板路上，走走停停，款步而行。

路是每次到「桑田」用餐的時候計程車的必經之路，但深處有門面氣派的料亭，也有因應參拜高台寺的信徒而生的、極具京都風情的精緻小餐館，

「哦，原來這一家也是賣吃的啊……」

桂二郎低聲說著，每經過一家店，便佇足窺看。

經過轉入「桑田」的路，鑽進看似料亭的黑牆數奇屋建築旁的小巷，再轉入更窄的石板路，正邊走邊思索著該往右還是往左時，就看到鮎子站在向右轉的那條路上。由於路燈的光照不到，桂二郎之前一直沒看到鮎子。

「好安靜啊。實在不敢相信祇園就在附近。這些全都是茶屋風格的酒吧嗎？」

由於全都是不用心仔細找就看不到招牌的一般傳統民宅，桂二郎指著四周的房子問。

「也有茶屋呀。」

在T袖外罩了一件夏季薄西裝外套的鮎子，指著再走下去應該是死路的左

側小巷說：「那邊和那邊，是老茶屋。」

然後鮎子說了一個桂二郎也聽聞過的歌舞伎演員的名字。

「那家茶屋的老闆娘，是那位演員的這個。」

說著豎起小指。

「老闆娘年輕的時候，是美得連我這個女人都會流口水的藝妓。現在已經快七十了。」

鮎子說，那個歌舞伎演員和茶屋的老闆娘結下愛人關係，是他和現任妻子結婚前五年的事，指著小巷暗處的手，大大地轉了方向。

「都是些造孽的人啊。這條胡同過去……」說著微微一笑。

「原來在京都不叫『巷子』，是叫『胡同』啊。」

桂二郎這麼說，脫掉西裝外套，從外套的胸前口袋取出雪茄盒，叼起雪茄。

「也許我也造了孽。」

聽到桂二郎這句話，鮎子問：「什麼時候？」

然後走進小巷盡頭數來第二戶的人家，打招呼。

「老闆娘，你好呀。」

在小小的硬泥地上脫了鞋，進了榻榻米房間，裡面是將六帖榻榻米房改裝成酒吧的日式房間，低矮的吧檯已經放了兩人份的杯墊，以及顯然是為了桂二郎而準備的菸灰缸，吧檯前鋪了兩個夏季坐墊。

看來今天本來是公休，卻應鮎子所求而開店——桂二郎邊想邊注視著據說即將七十歲的老闆娘從吧檯後方的紙門笑盈盈地出來。

「哎呀，好久不見呀。」

老闆娘邊招呼著邊以印有祇園藝妓名號的結實圓扇幫忙搧風，又說猶豫著不知該不該開冷氣，以銀鈴般的笑聲笑了。

「開了會冷，不開會悶熱，我就想等兩位來了再決定。」

訂製的餐盒一會兒就會送來，在那之前來杯啤酒如何……老闆娘這麼說，送上啤酒，消失在紙門之後。

鮎子喜愛的中京區外燴訂製餐盒所做的高湯蛋捲十分可口，桂二郎也很喜歡。

「好極了，要吃那家的餐盒。我中午吃了法國菜，晚上就想吃點清淡的。在新幹線上肚子餓了，本來想在車上吃點東西，又想到也許你會準備那家餐盒，就忍著沒吃。」

桂二郎說。

鮎子邊為桂二郎斟啤酒邊問：「阿桂身上發生了什麼事？」

待桂二郎把一切一五一十說完，訂製餐盒也送到了，桂二郎便向再次現身的老闆娘要冷清酒。

雕花玻璃的酒瓶斜插在盛了碎冰的小檜木桶裡送了上來。

鮎子邊將那冰鎮的清酒倒進切子玻璃的酒杯裡。

「如果我是那位千鶴子的話，會怎麼做呢……」

邊沉思邊說。

「你是說，會不會告訴女兒你父親可能是上原桂二郎嗎？」

桂二郎明知鮎子不該喝酒，還是邊為她斟酒邊問。

「嗯，這是當然的，但我是說在和上原桂二郎和平分手之後，會立刻和其他男人發生深入的關係嗎……其實女人在這方面，比男人以為的更原始……」

說完，鮎子表達了自己的想法：總之先決要務是設法查出新川綠的出生日期。

「如果真的有心要知道，請徵信社馬上就查得到不是嗎？可是，阿桂就怕知道結果……對吧？」

「說怕的確是很怕，可是再怕也不能不面對。」

然後桂二郎說，假如千鶴子才和他分手便旋即與將來的丈夫發生關係，那麼千鶴子自己是不是也不知道肚子裡的孩子的父親到底是誰。

「假如說，今天和A男上床，明天和B男做同樣的事，那麼，女人會知道是誰的孩子嗎？」

「當然不知道呀。不可能知道的嘛。雖然我沒有那種經驗……可是……」

「可是？」

桂二郎反問，自己斟了冷清酒。

「萬一實在不知道的話，我是不敢生的。」

「你是說會拿掉？」

鮎子對桂二郎這一問點點頭。

「雖然罪過，但我想絕大多數的女人都會這麼做吧。」

鮎子難得稱讚冷酒「好喝」，然後又把切子玻璃的酒杯推到桂二郎面前，意思是要他再倒，然後問新川綠是個什麼樣的女孩。

「像不像阿桂？」

「唔，的確是有她母親的影子。可是，像不像我，我倒是看不太出來。」

「長得很凶很可怕嗎？」

鮎子邊問邊笑。

「她臉上倒是完全沒有剛硬的線條。不僅沒有，眉眼鼻口都給人柔和的感覺。關西不是會說『はんなり』（hannari，從容雅緻，明豔動人之意）嗎？雖然我不知道這個詞正確的意義，不過她就是一張『はんなり』的臉。不光是臉，全身都是。」

「萬一要是知道父親就是上原桂二郎，你打算怎麼做？」鮎子問。

「如果那孩子的母親到最後都沒說你父親或許是上原桂二郎，那麼我最好也不要因為自己的感傷而多事吧。」

桂二郎說，想起新川綠注視自己的眼光。那雙眼睛，好像在向自己訴說什麼……他實在無法不這麼想。

「和幸子結婚以後，你出軌過幾次？」

鮎子問得實在太若無其事，所以桂二郎也老實說：「三次……不，四次吧。如果一夜情也算的話，那還有二、三次。不過我連對方的長相都記不得了。」

然後吃了訂製餐盒裡的烏魚子。

「最久的呢？」

鮎子問，然後說了一個曾待過祇園一家具樂部的女子的名字。

「和她三個月就結束了。兩個人單獨見面只有三次。她現在怎麼樣了？」

已經是十五年前的事了，雖然已無法正確回想起她的容貌，但還記得皮膚很厚的觸感。

「在先斗町開小料理店。」鮎子說。

「最長的，持續了有一年。其他的是半年和八個月……每次都是對方主動的。」

聽桂二郎這麼說，鮎子說：「笑死人了。」

以一臉受不了的樣子看著他，「你以為幸子不知道嗎？」

「這就難說了。我每次都很小心，不會在她面前露出馬腳。」

「幸子真是個了不起的太太……」

聽了鮎子的話，「原來……全都被她看穿了啊。」

桂二郎喃喃地說。

「不過，這些都算不上出軌，都是些微不足道的小插曲啦。」

桂二郎這麼說，又在鮎子的酒杯裡斟了酒，

「和她們在一起的時候，我一定都是喝醉的。而且不是普通的醉，都醉到口齒不清。所以後來我在有女人的店裡喝酒的時候，都會控制酒量。」

吃完米飯刻意裝得較少的訂製餐盒時，他們也將容量有三合之多的雕花玻璃酒瓶喝完了兩瓶。

老闆娘看兩人話說完了，便以大盤子盛了號稱有四十年歷史的「醃床」醃出來的醬菜，放在吧檯上。

茄子、小黃瓜、大頭菜、牛蒡、白菜……幾乎全是桂二郎一個人吃完的。

「我明天中午過後住院，傍晚五點吃晚餐，然後晚上九點左右就要喝一大杯洩藥，用一整晚的時間把腸胃清空，後天早上十點起，就有東西要從下面進來，摘掉瘜肉。所以今天吃這個便當就夠了。」

鮎子這麼說，一臉厭煩地苦笑。

「從下面？」桂二郎問。

「這種事不該問女人的。人的身體不是有出口和入口嗎。」

「哦，原來如此。」

鮎子說，摘除瘜肉所需的時間大約三、四十分鐘，

「本來打算後天中午出院以後，聽阿桂的忠告，好好休息個三天，但剛才卻接了那天十三個人的預約。是很重要的客人，我不能不露面……」

嘆著氣這樣低聲說。

「你本來打算去哪裡休息？」

桂二郎問，鮎子說了三河灣一座島上的飯店，將僅餘的一片醃大頭菜放進嘴裡，發出清脆的嘎滋聲。

然後問：「你是不是在想，要是那個新川綠是自己的女兒就好了？」

「別鬧了。要是這樣麻煩就大了。」

「哪裡會有麻煩？」

「還問呢？上原家會有大麻煩啊。」

桂二郎略為誇張地做出困擾的表情這樣回答。

但他也不清楚到底會有什麼麻煩。即便新川綠真是自己和千鶴子的孩子，也不會怎麼樣。若讓她認祖歸宗，將來或許會有遺產的問題，但那種事自己也管不了，身後的人會設法解決吧。

桂二郎是這麼想的。

比起這些，他倒是認為，若千鶴子沒有將真相告訴綠便走了，那麼自己也不應該向綠說出真相，這應該是一般常識吧。或者，非把事實告訴她不可呢……

這個選擇才會造成他自己莫大的精神折磨……

「一定是我的孩子……阿桂心裡有這個直覺。人的這種直覺是很準的。」

鮎子說。

「否則，也不會特地跑到京都來找我商量了……」

「你在說什麼啊。都五十四歲了，突然跑來一個跟以前分手的女人生的女兒，有哪個男人會開心？又不是為了什麼迫不得已的原因硬生生被拆開的女人生的。一想到萬一是我的孩子該怎麼辦，不可能不慌啊。我巴不得新川綠不是二月、三月出生，是那年的十月或十一月、十二月生的，那我就可以大大鬆一口氣了。」

桂二郎嘴裡這麼說，但也不得不承認內心的確有一絲黏子所說的心情。

當然，這對自己而言是出了一件麻煩事。然而，這件麻煩事的因是自己種下的，新川綠這女孩是無辜的。

而千鶴子在自己心目中，是個高潔、帥氣的女人。

當時的貨幣價值如何他已經忘了，但兩百二十萬這個金額，絕對不是漫天喊價。

當時一個朋友在郊外連土地買了一幢房子，記得是七、八百萬之譜。如果是現在，五、六千萬跑不掉吧。

千鶴子自己決定了自己的生存之道，為此而要求了所需的最低金額。她沒有獅子大開口。

在分手之後發現懷孕，一般的女人應該會來告知這件事，重新要求一個相應的金額吧……

說來委實自私，但假如新川綠是個心懷惡意、低俗、令人感到人品卑劣的女孩，自己心中的困惑也應該非同小可……

桂二郎這麼想，又要了一瓶冷清酒。

然後又想，等告別鮎子回到飯店之後，就到酒吧喝杯威士忌抽根雪茄吧。好久沒喝太多，明天就來個宿醉得生不如死，也不失為一個好主意。

「阿桂很喜歡叫新川綠的那個女孩。」

鮎子這麼說。

「要是等到查出她出生的月份，怎麼算都不可能是阿桂的女兒的話，現在我們躲在這裡說悄悄話，就是個大笑話了。」

說著笑了。

離開茶屋風格的酒吧，走在幽暗的石板小巷裡，桂二郎和鮎子緩緩邁向大馬路。

「對年輕女人的身體的欲望平息了？」鮎子這麼問。

「沒有，現在還是很想。」桂二郎回答。

「男人的五十四歲，這麼猛啊？」

鮎子邊說，邊刻意把身體靠過來，然後馬上就忍不住笑出來，逃也似地離桂二郎兩、三步。

「嗯，我現在是個好色的大叔喔。」

桂二郎說。

「要是幸子還在，你就不能這麼輕鬆自在地找我談新川綠的事了。」

「那當然了。因為幸子不在了，我才能沉得住氣。要是幸子還在，那可不是『不得了了』而已。」

攔了計程車，桂二郎本來要先送鮎子回家，但鮎子說那樣繞太遠了，說要先到飯店讓桂二郎下車，再搭同一輛車回家。

「醫生說，就內視鏡看到的，是良性瘜肉，但割下來以後還是要做精密檢查，真正的結果要十天才會出來。要是那時候你肋骨的傷能治好就好了……」

「要打球嗎？」

「嗯。想找黃忠錦先生和阿桂再打一次球。」

「一週治得好嗎。就算治好了，我暫時也不想上高爾夫球場。」

「為什麼？」

「我請了教練，想好好練個一年半載再上球場。像我這麼沒有高爾夫天分的半百之人，跟著專家學，持續練習一年，多少也會有點進步吧？依我現在的球技，不但對不起高爾夫球之神，也對不起高爾夫球場。」

桂二郎在飯店門口下了計程車，向鮎子道謝。

「等那十三個重要的客人走了，你就準備去旅行吧。現在阿鮎最重要的就是休息。身心都好好休息。什——麼都不要想，看看海，泡泡溫泉，想睡的時候就睡，想吃的時候就吃，發呆放空。知道了嗎？說好了喔。」

因為桂二郎這番話，鮎子從計程車車窗伸出手，要跟他打勾勾。

「嗯，我會的。說好了。」

桂二郎和鮎子打了勾勾，走進飯店，辦完住房手續，說想到酒吧喝一杯，婉拒了為他帶房的侍應生，只將裝了替換衣物的小型公事包交給他。

「請幫我把這個送到房間。」

說完，桂二郎去了酒吧，在吧檯坐下來，要了威士忌加水。

「麻煩不要冰塊，只加冰礦泉就好。」

感覺到有視線，朝吧檯深處一看，一個曾經三度找來作陪的年輕祇園藝妓正和一個年紀與桂二郎相仿的男人喝著雞尾酒。

視線一對上，藝妓背著男子對桂二郎眨了右眼，然後悄悄點了一個頭。

桂二郎也同樣回以一個點頭，從西裝內口袋裡取出雪茄盒，在Cohiba的Siglo II上剪出切口，點了火。

桂二郎認為，雪茄的頭一到二公分這一段，以引擎來比喻就是在暖機。真正抽得到那根雪茄的味道的，是最後五公分那一段，這是桂二郎自己的原則。

視線追隨著冉冉而上的煙，桂二郎試著回想千鶴子的容顏。然而，眼睛歸眼睛、鼻子歸鼻子、嘴巴歸嘴巴，每個部位都各自鮮明地回想起來了，但就是無法組合成一張臉。

試著把回想起來的各個部位湊起來，描繪出千鶴子的臉，結果不僅湊不起來，連部位都消失了。

想起新川綠說以後她必須代替母親到店裡去，桂二郎便想要在這幾天到那家酒吧去看看。

但又改變主意，認為既然有好幾個上原工業的員工是熟客，自己最好還是別去。要是下了班，想到酒吧去趕走一整天的疲累，卻來了公司的社長，那幾位員工想必以後就不肯再去了……

桂二郎的心思又飄到自己之前一直考慮在六十歲便從公司的經營抽身一

事，若真要這麼做，那麼是時候該讓俊國或浩司進上原工業了。

只剩六年。

但是，浩司才剛大學畢業去上班，俊國也才二十五……

「六十歲要退休看來是不可能了……無論是誰來繼承，至少在三十五、六歲之前，都要去領別人的薪水，嚐嚐上班族的辛酸。這樣對他本人和上原工業都比較好……」

桂二郎在內心這麼說。

「所以未來十年我還不能退休……」

然而，離開了工作，自己到底還剩下什麼？

「都五十四歲了，還完全不懂得如何享受人生，我真是白活了啊。」

桂二郎又在內心這麼說。

結果，「約定」這兩個字沒頭沒腦便突然浮現。可能是因為剛才臨別之際和鮎子打勾勾說「說好了喔」的關係。

桂二郎心想，印象中千鶴子在最後那晚也說了「約定」這個詞。

是什麼樣的約定呢……

當Cohiba的Siglo II味道變深時，桂二郎難得將菸吸入肺裡，但太過刺激差點嗆到，便喝了幾口威士忌加水。

千鶴子深信那兩百二十萬是上原家迫於幾近威嚇的行為而不得不出的錢。好幾次解釋收下那筆錢不是自己的本意，也訴說了自己一路受到沒有血緣關係的繼父與哥哥多少欺壓。

也說了當自己為了上大學所存的錢被哥哥擅自領走的時候，她不知有多麼痛恨再嫁給這種男人的母親。

哥哥遲早會查出自己在新橋開了店，然後又會像寄生蟲般死纏著要錢。再不然，可能會使出種種惡整的手法，向上原桂二郎詐取更多的錢。可是，我一定要與那個沒有血緣關係的哥哥奮戰到底。我會堅持是我自己愛上了別人，求上原桂二郎跟我分手的……

不需努力回想，千鶴這些話全都留在桂二郎的記憶裡。

所以，這不是千鶴子給的「約定」。但千鶴子的確說過「我保證」這句話。

她究竟答應了他什麼呢……

桂二郎恨自己想不起，又要了一杯威士忌加水。

藝妓與喝雞尾酒的男人離席，拿著房間鑰匙離開了酒吧。藝妓小跑步來到桂二郎身邊，雙手在胸前合十。

「要保密喔！」

笑著這麼說。

「搞不好我會去跟你老爺告密喔。」

桂二郎也笑著說，然後微微點頭表示答應。藝妓追著男人離開了酒吧。

桂二郎有些失望地心想：最近的年輕藝妓做事太不細緻了。祇園的藝妓，竟然在祇園近前的飯店和男人私會……她難道沒想到過事情立刻就會傳進老爺耳裡嗎……祇園這個世界這麼小，特別是關於男女間的祕事，一夜之間就會被發覺……

那個藝妓的老爺在九州生意做得很大……

桂二郎想著這些，喝了第二杯威士忌。

請徵信社對新川綠做的相關調查，三天左右便送到桂二郎手上。

委託調查的項目只有綠的出生年月日、父親的姓名，以及關於酒吧「新川」

的一些事，不包括其他背景現況，所以事先便交代將結果郵寄來即可。

綠出生於桂二郎與千鶴子分手的翌年二月二十七日。父親是新川秀道，但秀道與千鶴子是在綠出生的兩個月前才登記結婚的。「新川」這家酒吧，原本位於某人所擁有的三層樓大樓中，千鶴子將之買下。客源良好，由酒保秀道與老闆娘千鶴子兩個人打理，從來沒有僱用過女性員工。

這家由夫婦倆經營的小酒吧，歐姆蛋和馬鈴薯料理備受歡迎，其他的菜頂多就只有沙拉。十幾年來一直沒有負債，客人大半都是中堅上班族，還有幾位作家、編輯、建築師和商業設計師。

新川綠應屆考上英國的大學，自建築系畢業回國後，最早是在建設公園、保育園、幼稚園為主的公司上班，二十六歲時成為一級建築師，轉往目前的公司服務。

綠直接參與的工作，有地方都市的小劇場、山陰地方的美術館，目前則是向某宗教團體即將開設的美術館提案的團隊隊員之一。

在事務所裡很有人緣，大家暱稱她為「小綠」。沒有特定的男友。與父親兩人住在吉祥寺的獨棟房……

報告中也附了吉祥寺住家的住址。

二月二十七日……

桂二郎估量著「桑田」老闆娘應該已順利摘除瘜肉、辦完貴客的十三人筵席踏上旅途，便想打鮎子的手機。

這時候，祕書室的小松來電。

「那名男子剛才來電了。」

小松壓低聲音說。

「他說現在要來看那只懷表。我跟他說社長不在。」

「嗯。麻煩你了。我桌上的文件堆積如山。恐怕要三、四個鐘頭才能全部看完。」

桂二郎掛了電話，再次要按鮎子的電話號碼，卻又作罷。

要是她已經在旅途中，拿上原桂二郎的事去煩她也不太好。

教她什麼都不要想，看看海，泡泡溫泉，發發呆的，就是我啊。桂二郎自言自語著，喃喃地說：「小綠是嗎……」

要是遭恨遭忌，想必不會有「小綠」這個暱稱。

桂二郎想到這裡，又想，生日是二月二十七的話，依照鮎子的說法，新川綠的父親就是上原桂二郎了。

就算千鶴子有男人所謂的「最毒婦人心」、「魔性」，還是以鮎子的想法比較合理。而且就自己所知，千鶴子並不是個不知檢點的女人。不僅不是，甚至自尊心很強，對自己有點過度要求。

桂二郎望著社長室的天花板，思索著這下自己該怎麼辦的時候，想起了最後一次和千鶴子在一起之後，她以沙啞的聲音說的那句話。當她說完她一定會好好運用這兩百二十萬之後……

「一旦收了這筆錢，我這輩子就不會再給上原桂二郎這個人添任何麻煩。我保證……」

對了，千鶴子的「約定」就是用在這個時候。

桂二郎一想起千鶴子這句話，便努力回想自己是怎麼回應的。但是，這方面卻完全自記憶中抹去了。

現在可以靠所謂的DNA鑑定來判斷是否有親子關係，可信度相當高。但桂二郎無法要求新川綠去做鑑定。

想到這裡，桂二郎把徵信社寄來的報告收進辦公桌的抽屜裡，看起業務總部、商品管理部的報告。

過了一小時左右，小松打電話來，問是否能到社長室打擾。

「可以啊。那個人來過了？」

「來過了。剛走，上了地鐵。我親眼看他上車的。」

小松說。不到兩分鐘，便帶著包在布裡的懷表來到社長室。

「那個叫吳倫福的人，把這只壞掉的懷表從裡到外仔仔細細看過了。」

「然後呢？」

「他說，這只百達翡麗的懷表，就是他猜想的那個沒錯。還拍了很多照片。」

「拍照？」

「是的。他帶了相機來。拍了二十張左右吧。像是刻在上面的數字，表蓋的圖案等等。然後……」

「然後怎麼樣？」

「他說想請我向上原社長問偷了這只懷表的少年的姓名。」

「我哪知道。偷了這個的少年叫什麼名字，我怎麼可能知道。」
「是。下次他來電時，我會轉告他。」
小松把包在布裡的懷表放在桂二郎的辦公桌上，準備離開社長室。
桂二郎叫住小松。
「你要不要去米子分公司吃吃苦？」
桂二郎已經和董事們討論過並徵得同意。
「米子分公司嗎……？」
小松聖司力持冷靜，但表情因為驚愕與困惑瞬間微微變色。
米子分公司，是上原工業的市占率最低的分公司，同業T公司在該地占有百分之六十的市場，在公司裡被稱為「流人島」。這桂二郎也知道。
T社的創始人就是米子人，胞弟為當地的縣議員，大多數的量販店和零售店都是縣議會的後援會會員。
「目前消息還不能外傳。我在考慮讓業務總部的雨田接你的位子。雨田那邊，我請業務總部長明天跟他説。」
「是，我絶不會洩露消息。」

「我想這個月底會有正式的公告，你先準備一下。」

T社在山陰地方，尤其是以米子為中心的鳥取縣市占率非常穩固，同樣的現象也遍及島根縣和山口縣。

「我不會叫你要超越他們，不過至少去把我們的市占率翻倍再回來。」

「我將以什麼身分到米子分公司任職？」

小松問。

「目前，我考慮的是支店長代理，不過先等我傍晚和董事討論再說。要是一開始就以支店長的身分去，你可能會不太好辦事。因為那裡老員工就有五個。」

「是。我會努力的。」

小松行了一禮，出去了。

桂二郎知道小松聖司二年前才買了房子，也知道他老婆在老人照護設施工作，女兒的年紀也還小。

正想打電話給業務總部長的時候，桂二郎的專線電話響了。是黃忠錦打來的。

「什麼時候從台灣回來的？」

桂二郎問，黃忠錦說，三小時前才到自己的住處。

「我拿到了對身體非常有益處的茶。是一種藥茶。不但可以讓膽固醇和中性脂肪維持在正常值，茶本身也非常好喝。我帶了很多到日本來，想說一定要和上原先生分享。常喝這款茶，就不怕心血管疾病找上門。」

「那真是太謝謝了。這麼好的茶，真想今晚就開始喝。」

說完，桂二郎問起他認不認識一個叫「吳倫福」的人。

然後，把吳倫福名片上印的公司名稱和住址念給黃忠錦聽。

黃忠錦思索片刻。

「我看應該就是吳見明。」

他說。

「吳見明是本名。他有幾個名字，會分別使用。有時候還會用日本名字。他怎麼了嗎？」

桂二郎向黃忠錦說了吳倫福突然來訪及其目的。

「殺人？」

黃忠錦這樣問。

「吳見明的妹妹四十年前被殺，這我還是頭一次聽說。就我對橫濱中華街的記憶，沒出過這樣一件事，不過我還是問問丁大老。」

他這麼說。

黃忠錦之前曾提過，丁大老這位老先生形同橫濱中華街的活字典。

「可是丁大老的記憶力也衰退了。自從生病之後，整個人老了很多。」

黃忠錦說，無論如何，最聰明的作法就是不要理他。

「吳見明這個人，沒有惡評，但也沒人說他好。他很文靜，無論談吐還是穿著，總是中規中矩，但總會跟人保持距離。所以，旁邊的人也不會去靠近他。他一年當中有十個月在台灣。」

這樣說完，黃忠錦換了個話題。

「北海道有個我很喜歡的高爾夫球場，那裡的經理是我的朋友。北海道沒有梅雨，七月又很涼爽，來趟高爾夫球之旅倒是很不錯，所以我今天是打電話來約你打球的。我想你肋骨上的傷應該好得差不多了吧？」

桂二郎向黃忠錦說了自己對高爾夫球的想法。

「請等到九月底十月中，我稍微進步一點再約我。」

結果黃忠錦說，半年後自己的身體恐怕就不能再打高爾夫球了。

「癌症很難纏啊。本來一直很安分的肝癌終於開始作怪了。醫生不建議動手術。」

距離札幌不遠的那座高爾夫球場，我只去過一次，非常喜歡，甚至想入會當會員。我本來正在考慮著哪天要再來這裡打球，結果改變了主意，想說，不，我要把這裡留給我人生中最後一場高爾夫球……

黃忠錦這樣說完，又說：「我，上原先生，本田鮎子女士，還有我從小的死黨老呂。我想就這四個人來打我最後一場高爾夫球。對我而言，這是最佳搭擋。」

桂二郎本來想說，成功經歷兩次大手術的黃忠錦，這一次也定然會戰勝病魔，但打消了念頭。

因為他從黃忠錦平靜的語氣中，感覺到有什麼會將他這番話擋回來。

於是桂二郎說：「等到了十月，您一定又會用中氣十足的聲音打電話來約我去那座球場打球的。」

然後請黃忠錦決定日期。

「七月一日如何？」

聽黃忠錦這麼說，桂二郎看了自己的時間。

雖然有兩組客人，但都是可以和對方商量改期的。

「我是計畫七月一日到札幌，第二天打球，三日回東京，但上原先生和鮎子女士可能都有工作？」

「不，前一天雖然有不能缺席的會議，但我會先把一日、二日、三日空下來。請讓我和您一起打球。」

桂二郎說鮎子由自己聯絡，但黃忠錦說剛才他已經打了鮎子的手機了。

「手機轉留言，所以我就簡短地說了這件事，她馬上就回電給我，答應要一起去。鮎子女士本來也說要打電話給上原先生，但我想這樣的邀約應該要由我親自開口……機票和飯店請交給我安排。」

黃忠錦說，明天起他要住院三天，然後掛了電話。

桂二郎從椅子上站起來，緩緩試做了高爾夫球的揮桿動作。一開始小小的，再稍微加大。之前一直護著沒去動的肌肉還比裂開的骨頭痛。

桂二郎想著今晚去醫院請醫生看看，同時打電話給小松，要他安排七月一日到三日休息。

「我要到北海道去打高爾夫。」

「咦！不要緊嗎？您的肋骨？」

「我剛才試著揮了幾下，相當不錯。要是會痛的話，就穿著護腰打。不能亂動，搞不好反而打得比較好。」

「是啊是啊。重心不要隨便亂動，要精準地只揮動手臂。社長臂力强，光是這樣就能揮很遠，球也不會歪。」

「你對高爾夫球很了解嘛。之前不是說死也不碰高爾夫球的嗎？」

「不是啦，我是聽西崎部長說的。」

小松搬出公司裡高爾夫球打得最好的業務第二部部長的名字來搪塞。

「你左手食指的第二個關節不是長了繭嗎？西崎說，那是因為你握桿握得太用力喔。」

桂二郎笑著說。

小松聖司一時無話可回。

「是……我老實向社長招認。」

壓低聲音說。「我瞞著社長，偷偷開始練習高爾夫球。而且，是鑾久以前就開始了。本來是打算多練習一下再向社長報告的。對不起。」

「哦，我就知道……之前明明把話說得那麼絕，什麼一輩子不碰高爾夫球。你這個叛徒。」

「我哪敢……不過請放心。因為我一點都沒有進步。上星期六一位親戚長輩帶我去球場，打了六十七和六十六。弄丟了五顆球。」

「你先進步有什麼關係。我才不擔心呢。」

桂二郎笑著換了個話題。

「新橋有家叫『新川』的酒吧。我想去那裡看看，你要不要裝作是工作，陪我一起去？」

桂二郎推測以上班族為主要客群的酒吧，應該傍晚五點就開店，所以想趁自己公司的人還沒去，先去看看新川綠的父親。

「那家店好像有好幾個熟客是我們公司的人。我不想在酒吧和員工照面，所以想早點去，早點離開。」

小松沒有問桂二郎為何要去「新川」這家酒吧，說：「如果是純酒吧的話，早一點的四點就開店了。」

「嗯，我想那裡是純酒吧。因為他們不是有女孩子坐檯的那種。」

「那麼四點半左右過去如何？萬一還沒開店，可以找個地方稍微等一下。我想絕大多數的純酒吧五點就會開門。」

「好，就這麼辦。」

掛了電話，桂二郎看起報告。手機馬上就響了。料想一定是鮎子打來的，一接起來，信號不好，很快就斷了。但開頭聽到的那聲「喂」，果然不出所料，就是鮎子。

等了五分鐘左右，電話再度響起。這次鮎子的聲音很清晰。她說她在三河灣的一家飯店。

「可以看海的露台訊號不好，所以我就回房間打。」

鮎子說，然後問黃忠錦有沒有跟桂二郎聯絡。

「剛才，我答應跟他去打高爾夫球了。大概只能輕輕揮桿吧，不過我還是決定應邀前往。」

「人生最後一場高爾夫球……」

黃忠錦也向鮎子解釋了他的理由。

「可是，黃先生那麼堅强，一定會好起來的。搞不好之後會有十場人生最後一場高爾夫球。」

對鮎子這番話，桂二郎答道：「嗯，是啊。」

但他還是覺得這次北海道的高爾夫球之旅，終究會是黃忠錦人生最後一場高爾夫球。

最清楚這一點的，是黃忠錦本人。他的話中，既沒有大限將至的悲涼，也感覺不到開悟這類誇大，有的是無盡的沉靜。

「我身邊也有幾個認識黃忠錦先生的人，一知道我和黃先生交情還不錯，便談起他的為人和身為事業家的品德。沒有人說黃先生一句不是。每個人都在某方面受過黃忠錦先生的照顧。還有人因為黃先生身為在日華僑的奮鬥而備受鼓舞。他這一輩子好像吃了很多苦，但他卻隻字未提。」

然後桂二郎以「新川綠是二月二十七日生的」改變了話題。

他把徵信社的報告從抽屜裡拿出來。

「父親是新川秀道，在她出生之前不久，才與依田千鶴子登記結婚。」

「這下不得了了。」

手機裡傳來鮎子帶笑的聲音。

「真的。這下不得了了。」

桂二郎說詳情等見了面再說，問起鮎子難得休假情況如何，但鮎子卻說目前還沒有什麼值得細說的。

「天氣很好，海很美……」

鮎子說。

「雖然想什——麼都不想，要泡溫泉的時候就去泡，睡個午覺，可是想到今晚要來『桑田』的客人討厭生魚啦，另一位客人有糖尿病，要計算熱量，把分量弄小一點，差一點就打電話回店裡去了。」

「這些你們店裡老經驗的女侍和大廚都會考慮到的，放心交給他們就是了。」

桂二郎笑著這麼說。

有人敲門，小松說車子準備好了。

「那我們就北海道見了。」

桂二郎說他要出門了掛了電話，將徵信社的報告摺了兩摺，放進西裝的內口袋，上了候在公司大門前的車。

「今天聽說東京都內的路一早就很塞。」

小松說，但還是問聲「不過四點半應該可以到新橋那邊吧」徵求司機杉本的同意。

「如果店開了，五點我就會出來，不會待太久。」

桂二郎對杉本說。

小松說他查了新橋「新川」這家酒吧的電話，剛才打電話去問過開店時間和地點了。

「接電話的人感覺是老闆，跟我說了從JR的新橋站怎麼走。四點半開店。」

但小松絕口不問為何桂二郎想去「新川」。這是桂二郎信賴他的原因之一。

桂二郎看了徵信社的報告，衝動之下想到「新川」看看，但隨著車子離新橋愈來愈近，他愈來愈不明白自己為什麼要這麼做。

最大的理由是想看看「新川」的老闆，同時也是千鶴子的丈夫的新川秀道這個人，但就連為什麼想看，桂二郎都找不到一個明確的理由來說服自己。

從新川綠的話聽來，桂二郎推測千鶴子臨死之際，交代她把兩百二十萬還給上原桂二郎這個人的事，並沒有隱瞞丈夫。

千鶴子的丈夫是不是知道三十年前這兩百二十萬是什麼性質的一筆錢……？

一想到此，桂二郎還是想親眼看看新川秀道這個人，因而對塞車的狀況感到焦躁。

「新川」所在之處距離新橋站步行約十分鐘。

「這裡是單行道，我在這個停車場等候。」

杉本說，將車子停在收費停車場前，打開車門。

「好懷念啊！以前常來這一帶喝酒。」

桂二郎還視橑子變了不少的新橋車站一帶，指著一棟熟悉的舊大樓旁的巷子，說：「從那裡進去有一家便宜又好吃的燒烤店，我以前很常去。那時候我才剛到公司上班，二十七、八歲吧。」

「那棟大樓後面，有一家很好吃的豬排店。」

小松看著左側一棟新大樓說。

「奇怪了，我記得應該是在這條路上……」

小松停步，折回來時的路，馬上又跑過來。

「找到了。因為招牌很小，剛才沒看見錯過了。」

掛在老大樓入口的「新川」招牌，大小就只和一般家庭的門牌差不多。被淹沒在同棟大樓裡的壽司店和西餐廳的招牌裡，首次造訪的人想必都會錯過。

推開沉重的木門，便看到一顆只有側面還有幾許頭髮、其餘光可鑑人的頭微微動著，那個應該是新川秀道的六十來歲男子，正以熟練的手勢擦著雞尾酒杯和平底杯。

他穿著花呢格紋背心，打著黑領結。店裡還沒有客人。

店內的裝潢沒有純酒吧特有的「潮」或「時尚」，牆上掛著女性肖像多半是常客喝醉後以鋼筆畫的，還有許多人為祝賀開店二十週年共同寫的賀詞，但一枚板的吧檯非常厚實，擦得晶亮。

桂二郎和小松在吧檯坐下。

「今天又悶又熱，稍微走個幾步就出汗了。」

桂二郎說，點了琴湯尼。

「請給我黑啤酒。」

小松說。

「真的很悶熱呢。」

新川秀道這麼說，從架上取出琴酒瓶，將杯子放在吧檯上。

他先斟了黑啤酒，連手勢也感覺得出陳年功力。

桂二郎心想那張鋼筆女性肖像畫的多半是千鶴子，便專注看畫。圖畫紙上寫了小小的作畫日期。

——平成元年（一九八九年）七月七日——

桂二郎想著那這就是十一年前的千鶴子了，喝了新川秀道俐落調製的琴湯尼。

「真好喝。雖然琴湯尼這種調酒，只要有琴酒和通寧水，應該誰都做得出來，可是也沒有哪款酒可以如此分明地顯現出專業和業餘的差異了。啊，真好喝。」

桂二郎向新川秀道這麼說。

「謝謝誇獎。以前我去英國的時候，在利物浦車站附近一家平平無奇的酒吧喝了琴湯尼，我還是比不上那一杯啊。雖然希望哪一天能夠超越那杯琴湯尼，但看來是無望了。」

新川秀道微笑著這麼說，將堅果倒進小碟子裡，放在桂二郎與小松面前。

「這家店看起來相當有歷史啊。」

桂二郎說，再次環視店內。

「開店就快滿三十年了。」

新川說，將藍調爵士的音量調低，又說若嫌吵可以關掉。

「是 Lady Jane 吧。好懷念啊。學生時代在專門播放摩登爵士的咖啡店經常聽到。」

桂二郎說。

新川秀道解釋，自己店裡是不放音樂的，但在客人出現的五點多之前，他會像這樣聽著喜歡的曲子擦杯子。

「客人都是五點過後才來嗎？」

桂二郎邊問邊覺得新川秀道像什麼人，卻怎麼也想不起是誰。

「偶爾在開店的同時，會有自己做生意的客人上門，但上班族還是要五點半或六點以後才會來。」

新川這麼說，然後打了電話，說了幾種烈酒的名稱，請對方明天送來。

「好像波平先生喔。」

小松在桂二郎耳邊悄聲說。

「波平？那誰啊？」

「蠑螺小姐的爸爸呀，漫畫的蠑螺小姐。」

「哦，對了對了。就是波平先生啊，很像呢。」

桂二郎笑了，看看手表。已經五點出頭了。

其實不必急著走，也不會遇到上原工業的員工。因為社裡表定的下班時間是五點半。

想歸想，桂二郎還是認為今天已經達到親眼看到「新川」這家店和新川秀道這個人的目的，便結了帳，對新川說：「雖然很想再來一杯琴湯尼，不過還有一點事要辦。」

然後便離開了。

「好久沒喝黑啤酒了。黑啤酒在家裡喝也不覺得有多好喝，可是在酒吧裡喝，就會覺得好好喝好感動。」

小松說，朝站在停車場前的杉本揮揮手。

「接下來您要去哪裡呢？」

小松問。

「回公司。我得在今天把報告全部看完。」

雖然這麼回答，但桂二郎其實是想徵求業務部門和總務部門董事在人事異動方面的最終同意。

一方面也是認為若不及早離開這附近，很可能會和公司的員工遇個正著。桂二郎自己在別家公司上班的時候，也曾好幾次謊稱拜訪完客戶要直接下班，然後跑到常去喝酒的地方喝酒。

上班族偶爾總免不了有幾個傍晚想發洩一下工作上的鬱悶。

這樣一個員工，若在自己常去的酒吧附近撞見社長，豈不是慘了……

他心裡是這麼想的。

「回程好像比來的時候更塞了。」

杉本說。

在回程路上看到一家高爾夫球用品店，桂二郎便請杉本停車，和小松一起進了店裡，買了一打高爾夫球。

「你平常都用哪一家的球？」

桂二郎問，小松回答從來沒用過全新的球。

「我都是用練習場賣的遺失球。一袋一百個五千圓。不過每一袋都是同一家廠牌的同一款球。」

「一個五十啊……真便宜。就算是遺失球也很便宜。」

說著，桂二郎又再買了同樣一盒球，遞給小松。

「這是送你的。算是送給流放到米子的員工的餞別禮吧。」

「我是被流放嗎……」

小松微微一笑，像接受獎狀般拿手高舉高爾夫球盒，說：「我一定會把前往米子分公司變成上原工業優秀員工的必經之路。」

「沒錯，有志氣。就等你把米子分店變成這樣的一家分店。」

桂二郎高興起來，對小松說：「再買一把推桿給你。」

然後問店員有沒有保證球一定會進洞的推桿。

年輕店員將桂二郎與小松帶往陳列了推桿的那一區，往所有的推桿一比。

「全部都是嗎？」

「是的。我們店裡賣的推桿，保證桿桿進洞，百發百中。」

「有沒有像我這麼差勁的也能打出三百碼的開球木桿？」

「有的。三百碼是小意思。」

說著，店員又帶他們到陳列著開球木桿的那一區。

「真的能打出三百碼？」

桂二郎笑著逗店員。

「只要沒揮空，一定可以。」

店員一本正經地回答。

「好，那我要買。這裡面你最推薦哪一把？」

應桂二郎的要求，店員選了三把看似新產品的開球木桿，帶他到試打室。

「這裡有和這幾把同款的試打用的開球木桿，請您親自試試看。」

桂二郎笑著說：「不用，不必試也知道，一定可以打出三百碼。我覺得一定可以。你們這家店運氣真好，請到一位好店員。」

說完，買了一把四十五吋的開球木桿。

第七章

一到七月，冰見留美子便請了之前工作繁忙時假日加班的兩天補休，前往小樽，蘆原小卷在那期盼她的來訪。

東京正值梅雨季節，卻沒怎麼下雨，一連好幾天都悶熱得不得了，但小卷在Email裡說，小樽早晚得穿薄毛衣。

在羽田機場的航空公司櫃台辦好了前往千歲的登機手續，雖然還有時間，但留美子想到登機門前的椅子坐下來等，便朝手扶梯走去，發現錯身而過的男子是上原桂二郎，便驚訝地停下腳步。

上原桂二郎並沒有看到留美子，與一名看似前來送行的年輕男子走到櫃台，說：「到千歲……」

提著波士頓包的男子多半是上原桂二郎的祕書吧，看樣子要前往新千歲機場的只有上原一個人。

到札幌的班次人很多，好幾個櫃台前都排了長長的人龍。

留美子猜想上原桂二郎一定是和自己搭同一班飛機，便想回到櫃台去打招呼。但又考慮到也許他是和員工以外的人同行，如果是這樣的話最好裝作不知情，便上了手扶梯。

她是想，分別到機場、分別辦理登機手續，座位也分開，到了新千歲機場再與愛人會合的情形也不無可能。

上原桂二郎若有這樣一個對象也不足為奇。他四年前喪妻後便一直單身，又充分具有男性魅力。就連年紀小上好幾輪的自己看來，也認為上原桂二郎有股獨特的性感……

「會是什麼樣的女性呢？有點想看看呢。」

留美子露出微笑，在心中暗自低語，排隊檢查隨身行李，偷偷回頭看。上原桂二郎還沒過來。

「裝作不知道，裝作不知道……」

這樣對自己說時……

「咦？冰見小姐。」

上原桂二郎的聲音在身後近處響起。原來他就在留美子正後方。

然後他問：「你要去哪裡？」

「北海道。去小樽找朋友。」留美子說。

「有飛機飛小樽嗎？我到千歲。」

桂二郎出示自己的機票微笑著說。

「小樽沒有機場，所以我也是先到千歲。」

留美子也出示了自己的機票，檢查完隨身行李，與桂二郎一同走向登機門。

「沒想到我們搭同一班飛機……」

留美子這麼說，桂二郎也探頭看著留美子的機票，回應道：「位子也很近吶。早知道，就可以搭我的車一起到羽田了。」

「上原先生是出差嗎？」

「不，去打高爾夫球。」

「哎呀，那麼，肋骨的傷勢都康復了？」

「沒有，醫生說還沒有完全好。所以我要穿著護腰打球。」

上原桂二郎說，護腰放在託運行李裡。

留美子說，其實在登機櫃台就看到上原先生了，

「可是，想說您可能要和大美人在哪裡會合，就不敢出聲叫您。」

她笑著這麼說。

「我也希望我身上能發生一點這類韻事，但若真的發生了，還挺耗神的，一定會很累。」

上原桂二郎如此回答，露出難得淘氣的神情，說：「冰見小姐才是，我看，八成有個青年才俊正在小樽引頸期盼。」

「是我中學時的朋友。是個像少年般的女孩……說女孩真的很厚臉皮喔，因為我們同年。」

留美子笑著說，然後問不惜穿護腰也要打高爾夫球，上原先生這麼喜歡高爾夫球嗎。

「不，我球技太差，沒那麼喜歡，不至於明知好不容易才慢慢好轉的肋骨傷勢可能會惡化，還硬要打球。」

然後上原桂二郎接著又說，明天的高爾夫球是比較特別的一場球，

「因為我獲選為人生最後一場高爾夫球的球伴。」

「人生最後一場高爾夫球？」

留美子放慢腳步問。上原桂二郎露出稍事思索的表情，然後說：「也就是說，那個人打完這場球，這輩子就不會再打了。所以名符其實，是人生最後一

場高爾夫球。」

登機門前擠滿了人，看了便令人猜想這班飛機多半客滿。

邀上原桂二郎明天一起打球的人為何不再打球？留美子深感好奇。是因為上了年紀，認為高爾夫球該適可而止了呢，還是對高爾夫球這項運動生厭了呢，或者是有什麼經濟方面的因素，再不然是不是傷了腰、膝蓋還是手臂的，不能再打高爾夫球了……

對高爾夫球不感興趣的自己，竟然會想知道這位連是誰都不知道的人物下此決心的理由，留美子自己也感到不可思議。

「您那位朋友，為什麼把明天那場球訂為人生最後一場高爾夫球呢？」

心中雖然想起父親曾說過，不可以隨便開口問一些可能會冒犯別人的問題，留美子還是問了上原桂二郎。

記得去世的父親向自己說這句話的時候，就是我十歲生日那天晚上啊。

「這個嘛，為什麼呢……反正就是，打完這場就不再打球了……那位朋友大概是這麼想的吧。」上原桂二郎回答。「這位朋友球齡四十年，除了生病的時候，多的時候一年會打到一百場。少的時候也有七十場，差點也曾經僅僅只有三桿，所以應該不是討厭高爾夫球吧。也許是認為現在是他急流勇退的時候。即使是現在，差點應該也有七、八桿的實力。」

留美子並不知道高爾夫球的差點是什麼。

「冰見小姐公司的老闆，還繼續在練習高爾夫球嗎？」上原問。

「是的。還是一樣，陶醉於僅僅一球的好球帶來的快感。」

聽到留美子這麼說，上原笑了。

「跟一個好教練學不是很好嗎。」他說。「既然都要練習了，別說一百球只有一球，打出八十球左右的好球，應該會更有快感吧。啊，不，也許是因為僅僅只有一球，才會有快感也不一定。嗯，很可能就是這樣。」

最後一句話彷彿是說給自己聽似的，說完上原桂二郎笑了。

進了機艙，留美子與上原桂二郎的座位只有五排之遙。但上原桂二郎一就座，便讀起文件類的東西，飛機起飛後視線仍一直沒有移開。

留美子坐的是靠窗的位子，在飛機飛至保持固定高度的航道前，她看著地圖上小樽與其周邊海岸的路，想著小卷說要開車來接她的輕型車是上行還是下行，但視線一移到雲海上，便驟然間感到有無數小蜘蛛貼著自己所坐的飛機飛舞，就將臉湊在窗前細看。

其實那只是光與窗玻璃的戲耍，在雲海上撒下閃爍的小點而已。

本來，蜘蛛就不可能飛在那種地方，而且現在季節正要迎接夏天，所以留美子心想，一定是昨晚在電腦上盯著客戶的稅務相關數字看太久，眼睛累了的關係。

附近座位一個被母親抱在懷裡的嬰兒哭了起來。

留美子閉上眼睛，試著化身為將命運託付給氣流而飛的蜘蛛。

結果，眼前卻浮現了明明退掉公寓回家與父親同住卻難得有機會照面的上原俊國的面孔。

同時，也想起與分手的男子前往九州三天兩夜小旅行時的往事。

男子一發現站在機艙門口迎賓的空姐是大學時代的女性友人，便突然慌了，叫留美子先進去，自己折回乘客行列的最後，後來進了機艙，也不坐在留美子旁邊，而是拜託陌生人與他換了座位。

在抵達機場之前，男子與那位空姐交談過兩、三次。每次男子都過意不去地看留美子。

到了機場之後，男子解釋那位空姐認得他的妻子，也出席了他們的婚禮，留美子努力叫自己平靜下來，但整段旅程中，一種近似於屈辱的情緒一直揮之不去。

與男子分手以來，為了工作也搭過好幾次飛機，卻從來不曾想起當時坐在後方的男子的如坐針氈或自己的感覺。那今天怎麼會想起來呢？留美子對想起這些的自己感到懊惱，轉頭去看上原桂二郎。上原桂二郎將文件攤在腿上，閉著眼睛。

留美子覺得與有婦之夫在一起的那幾年是自己難以原諒的污穢，恨不得早點離開機艙。

但留美子告訴自己，我是愛上了一個為了離婚而與妻子分居的男子，以他一離婚就結婚為前提才與他認真交往的。我一點都沒有錯。相信他的謊言或許是很愚蠢，但我並不是傻傻被騙。不必認為自己沒用，也不必覺得丟臉。

——我是個信守承諾的人。

他還記得自己說過的這句話嗎……

留美子再次朝窗外的雲海看。無數的小蜘蛛長長拖著從屁股吐出來的絲，與時速近九百公里的飛機競速般疾飛。

鄰座的中年婦女站了起來，留美子不自覺地朝那邊轉頭。

「真是不好意思。」

她聽見上原桂二郎的聲音這麼說。看來，上原桂二郎是在留美子短暫出神的期間，請那位婦女換位子。

一移到留美子鄰座，上原桂二郎便說，一個本來在自己公司上班的男子，為了繼承家業而辭職，前幾天睽違許久來公司拜訪，談起了近況。

「現在這麼不景氣，每一家中小型的工廠都陷入苦戰，但聽他說起來，我覺得是公司管理本身有問題。他直接繼承了他過世父親的作法，我建議他說或許公司的稅務也有改善的空間。能不能請冰見小姐的稅務事務所幫幫忙？」

「咦？您願意介紹我們事務所給那家公司嗎？」留美子問。

「那是一家做鍋子、茶壺、平底鍋的公司。不過，上一代和上上一代都是打鐵師父，工廠在濱松。從我父親那一代便一直為我們製造商品。作工很好很仔細。」

「我們所長檜山一定會非常高興的。謝謝您。」

稅務事務所多的是，上原工業一定也聘請了優秀的稅務師，為什麼會願意將那家公司介紹實力不明的「檜山稅務會計事務所」呢？留美子邊道謝邊這麼想。

「我會事先和對方聯絡。這是他的名片。」

上原桂二郎說，從西裝外套裡取出名片夾。然後，將那張名片遞給了留美子，望著窗外的雲海，笑著問：「除了雲以外，還看得見什麼嗎？」

留美子把「雲」（kumo）這個字聽成了「蜘蛛」（與雲同音）。

「很像有很多蜘蛛在飛……」

說到這裡，留美子才發現自己弄錯了，連忙更正道：「雲……是啊，飄在天上的白雲嘛。我在說什麼啊我。」

「蜘蛛，你是說八隻腳的那個蜘蛛嗎？」上原桂二郎問。

「啊，不是的，我把雲聽成了蜘蛛……很奇怪喔。真不知道我是怎麼了。」

「聽說，蜘蛛會飛呢。」

聽上原桂二郎這麼說，留美子便說：「我自己沒有親眼看過，不過我一個朋友說，以前，在即將入冬的時期，他常看到從屁股吐絲往天空飛的蜘蛛。他說，他看到的蜘蛛頂多只飛了三、四公尺，不過也有很多人看過蜘蛛飛得很遠，飛到他們都看不到的地方。」

「在日本好像是叫作『飛行蜘蛛』。」

上原桂二郎說。

「我懷疑蜘蛛是不是真的會飛，所以到圖書館去查，結果找到一個叫作錦三郎的人寫的書，叫《飛行蜘蛛》。這位作者也是經過了長久持續的觀察，做了非常詳實不誇大的觀察紀錄。」

「是哪家圖書館？」上原桂二郎問。

「我整本書都影印下來了，若是您有興趣，影本送您。」

「好啊，我想看看。蜘蛛竟然會飛……感覺好勇敢啊。」

勇敢……自己也有相同的看法……留美子這麼想，覺得很開心，說：「蜘蛛頂多也才零點三、四公分大吧，就算真的順利升空，跟上上昇氣流乘風飛越千山萬水，人類也看不見牠們的壯舉。這麼幸運的蜘蛛，也許幾萬、甚至幾十萬隻才有一隻……可是，我覺得一定有蜘蛛成功飛行了超乎我們想像的長距離。這麼一想，看著窗外的雲，就覺得好像有許多小蜘蛛在和飛機比賽誰飛得快……可是，在這麼高的地方，蜘蛛是無法生存的吧。氧氣太少，氣壓又低……」

說著這番話，留美子心想，也許這位父親知道俊國十年前那封信的事。這樣的話，豈不是……想到這裡便怪自己不該多嘴。

留美子全身發燙，拿出上原剛才給她的名片。

「休假到北海道旅行還帶新客戶回去，我們所長搞不好會請我吃大餐呢。」

說完微微一笑。

「『都都一』。」

上原桂二郎也這樣回應著笑了。就此沒有再回到「飛行蜘蛛」這個話題。

「今晚您要住札幌市內嗎？」留美子問。

「據說高爾夫球場附近有一家精緻小飯店，我們要住那裡。明天打完高爾夫球再回札幌市內，吃個飯，在札幌的飯店過夜。冰見小姐會一直待在小樽嗎？」

「是的。我要借住小樽的朋友家，只有一天，會在一個叫厚田的地方過夜。」留美子回答。

「厚田……在北海道的哪一帶？」

「聽說是從小樽沿日本海北上，開車兩個小時左右的地方。以前因為盛產鯡魚而繁榮，不過現在主要是捕口蝦蛄為主的小漁村。我朋友的哥哥在那裡租了一棟房子。她說，大家都叫那裡『鬼屋』。」

「鬼屋啊……聽起來很好玩。」

上原桂二郎微笑著說。留美子覺得那真是個宛如什麼剛硬的東西溶化了似的微笑。

「聽說那本來是一間給漁夫休息的木造破屋，我朋友的哥哥因故租了下來，整理成可以住的地方。不過，聽說沒有水電，也沒有廁所。」

「你們要在那裡過夜？」

「是的。吃的，我們會買便當帶過去，也會帶五、六瓶瓶裝水去……照明就用煤油燈。」

桂二郎想了一會兒，才問：「廁所呢？」

「就和去夜釣的人一樣……」

「原來如此。」

桂二郎笑了。

「現在已經閒置的漁夫小屋啊。照明就只有煤油燈。晚上一定很好玩。」

他說。「不過，還是要注意安全。畢竟世上的壞人很多。」

「會的。不過朋友的哥哥會找五個朋友在小屋附近徹夜釣魚。」

「所以安全無虞是嗎。」

上原桂二郎這麼說的時候，機內廣播宣布飛機開始下降以便降落。

在新千歲機場領了行李，來到入境大廳時，蘆原小卷已經等著要接留美子了。

上原桂二郎向留美子行了一禮，走向計程車乘車處。

「好涼快。天氣明明這麼好。」

留美子與小卷並肩走向停車場，一面這麼說。

「東京又濕又熱，昨天我終於開冷氣睡覺了。之前一直忍耐，忍到昨天終於還是投降了。」

聽留美子這麼說，小卷說：「我們這邊，晚上不但要穿長袖，不蓋被子還會感冒呢。」

然後問今晚想吃什麼。

「海膽、北寄貝、鮭魚卵、蠑螺、鮑魚。」

留美子毫不遲疑地這麼回答，拿出從網路上印下來的小樽私房景點和觀光資訊給小卷看，說：「看到叫大家小心黑道壽司店的資訊，我嚇了一跳。」

「壽司黑店嗎？我知道三家。」

小卷笑著說，然後說已經預約了她家附近一家讓客人自己動手烤的炭烤海鮮店，徵求同意般看著留美子。

「啊，聽起來好棒。真想趕快去。」

「我訂了六點。因為那裡總是客滿。每樣東西都便宜又新鮮。」

小卷把留美子的行李放在輕型車的後座，一出停車場，便立刻轉進高速公路。

「我是聽說過黑道開的酒吧，但黑道開壽司店還是頭一次聽到。」

「那種店裡沒有寫價錢，通通都是『時價』。然後，請師傅捏了海膽和鮑魚還有另外四種壽司，付錢的時候開價五萬，客人反應說就算是時價，可是北海道這裡是產地，那種價錢未免太離譜，結果就有可怕的兄弟出來站在後面……網站上好多人寫小樽的壽司店很恐怖，叫大家不要去，所以在我們這裡也變成問題，大家就用影射的方式公開這些壽司店的名字。」

「影射？」

留美子問遵守交通規則以至於開車慢得幾乎快讓人不耐煩的小卷。小卷的臉色比上次在東京見面時好多了。

「比如說，叫作『壽司寅』的店，就說『老虎』，叫『丸壽司』的店就說是『四方形的相反』之類的。」

小卷說，像這樣一直呼籲觀光客不要去，那些壽司店經營不下去，就會換地方和店名另起爐灶，但當然瞞不過本地人，立刻在網路上奔相走告「老虎改名為橫〇海灣之星了。就在〇〇町的藥粧店向北幾步的地方」。

「橫〇海灣之星？」

留美子問。

「濱壽司。」

「哦，原來如此。」

在高速公路上行駛了五十分鐘後，看到海了。

小卷的父親在經商失敗後，在仙台找到工作，除了中元、過年，每個月只會回一次小樽。

「一直到去年還有沒還完的負債，但每個月依約持續慢慢還，有三位債權人說可以了，這樣就算還清了。所以，我爸已經可以回小樽了，可是他說自己適合仙台那個工作，要再做兩年……」小卷說。

哥哥上班的土木建築公司雖然資金周轉很吃緊，但業績總算恢復到付得出獎金；在東京工作的弟弟找到了新工作，也適應了新工作……媽媽水產加工的工作已經做得非常熟練，樂在其中。每天早上四點去工廠，中午十二點下班回家，稍微午睡一下，起來打掃、洗衣服，晚上七點一過就睏了，每天都是往床墊上一躺，看著電視就睡著了……

小卷邊這麼說，邊指著新大樓林立的地方。

「那邊就是小樽港。小樽運河……從這裡看不到，不過就在港的南邊。」

那片海就是石狩灣，那邊是積丹半島，沿著石狩灣往北走，就是一大片石狩平野……

小巻這樣說明之後，指著左側一座小丘。

「我家就在那邊那附近。」

但留美子卻驚訝於高速公路出口附近看到的遊艇碼頭停泊的遊艇數量之多，出神地看著平靜湛藍得令人不敢相信是北海道一帶的日本海。

一下高速公路，小巻駕駛的輕型車便與港口背道而馳，經過JR小樽站附近，上了坡道。

爬上坡右轉，在十字路口左轉下坡，快穿出住宅區後方的樹林時，留美子就不知道自己到底在小樽的哪個地方了。

「那裡就是我家。破破爛爛的，不過風景很好。」小巻說。

小巻她們家的屋主，本來在這間房子開榻榻米店，但身為師傅的先生因車禍手臂重傷，無法再做榻榻米，傷癒之後，無奈只好為了另覓工作搬到札幌，房子便是那時候租給小巻一家人的。

「他是榻榻米店的第三代，出車禍的時候才三十六歲。」

小巻說，提著留美子的行李為她介紹木造二層樓的小小住家。

「右臂截肢呢。不過已經是八年前的事了。」

「做榻榻米的失去了一隻手臂，也難怪他不能再做榻榻米了。」

留美子說，朝玄關那片寬敞的硬泥地看。那個空間的確會令人想起這裡曾是一家榻榻米店。

「所以，他搬到札幌，進了水產經銷公司的會計部。手臂受傷之後，關於以後要怎麼支持生計他想了很多，在職業訓練所念了兩年會計。有兩個孩子……」

做榻榻米這一行也只能勉强温飽，正在煩惱著再這樣下去只好關門大吉的時候就出事了……

「他說，他有三度認真考慮要不要全家自殺……」

但是，拋下一切舉家搬到札幌，在水產大盤商當會計，當著當著便動了自己從事海鮮仲介的念頭，於是在別人的介紹下獨立了。

想必他本來就有商業頭腦，又非常努力，三年後客戶和交易量都增加了，公司也成長至六名員工……

「現在，員工有三十六人。在札幌郊外蓋了好漂亮的房子。」

小卷說著，爬上狹窄的樓梯，帶留美子來到自己面海的房間。

三坪的和室有一張矮矮的小床和書桌，上面放著電腦，書架靠牆而立。從房間的確可以看見小樽的海，但被隔著一條馬路的那棟房子屋頂上看似溫室的建築擋掉了一半。

「那間溫室是專門蓋來種蘭花的。前年都還沒有。所以在那之前景色真的是一級棒……」

小卷微微一笑。

後面傳來腳踏車的煞車聲，有人從後門進來了。是小卷的母親。

小卷的母親胖得只怕能抵五個小卷，個子也比小卷高了七、八公分，眼睛卻只有小卷的一半，一上二樓，便在狹窄的走廊上端正跪座，客氣地打了招呼。

留美子也趕緊端正跪座，問候了小卷的母親，然後從行李中取出伴手禮。

丈夫公司的倒閉、小卷重病、長子出車禍等重重不幸，都是這雙粗壯的手臂支撐過來的啊——留美子邊想邊望著小卷的母親的笑容。

「要不要去可以眺望整個小樽的地方？還是要去來小樽必去的小樽運河？」母親一下樓，小卷就問。

幾乎不曾受到戰火摧殘的小樽街頭，留下了許多石造和紅磚老建築，從港邊引入海水的運河沿岸整排都是這類建築改裝而成的餐廳和啤酒屋，但留美子已經在電視上看過小樽這知名景點好幾次，有種早已經去過的錯覺。因為介紹小樽的電視節目，一定會拍小樽運河沿岸的老建築。

留美子對小卷說，想先去可以看海和吹風的地方。

小卷說了一個也是電視常介紹的觀景台。

「不過，那裡也是擠滿了觀光客，我們去另一個觀景台吧！」

說完，拿起車鑰匙。她說，離她們家不遠。

「叫做旭觀景台。」

小卷和留美子再次上了輕型車，前往觀景台。

車子在三叉路右轉，在五叉路左轉，正當留美子搞不清到底是下坡還是上坡時，「從這邊轉過去，一下就到了。」

小卷說。打方向盤要爬上右側那道陡波，但那條路的前面站著一個身穿制服的年輕警衛，只見他過意不去地說，這條路正在施工，禁止通行。

「咦，那旭觀景台就不能去了嗎？」

小卷問這個多半是學生來打工的警衛。

「觀景台是可以去，不過這條路到一半就不能走了。」警衛說。

「沒有別的路嗎？」

小卷這一問，警衛回答，有是有，不過路很難找。

小卷拿出車上備用的道路地圖給年輕警衛看，要他指出那條很難找的路。

「呃，從這裡啊，這樣走……」

警衛指著地圖簡單明瞭地教到某個地點，但說從這裡再過去就沒有任何標記了，然後尋思半晌，「這張地圖上沒有那條路。」

低聲這樣說。

「那是一條僻靜的路。會通到觀景台。」

「僻靜的路……那條路附近有沒有什麼招牌，還是房子之類的……」

對於小卷這個問題，圓臉的年輕警衛回答：「唔，什麼都沒有。」

「是怎麼個僻靜法？」

留美子問完之後，覺得自己的問題實在强人所難，視線便停留在一臉更加為難地看著地圖的警衛嘴角上。

「那，那條路以外的地方，就不僻靜了？」小卷問。

「過了那條僻靜的路，就會到一個操場。所以，如果到了操場，就是走過頭了。其他的路也都很僻靜，可是，那條路特別僻靜。」

大概是自己說著也覺得好笑，警衛苦笑，小卷和留美子也笑了。

「那好吧。我們會在那附近找僻靜的路。謝謝。」

小卷說。沿來時的路折回，從警衛告訴她們的十字路口向左轉。

「那條路，一定是除了僻靜以外無可形容的路。」

留美子說。左看右看，尋找僻靜的路。

「真的吔，每條路都很僻靜。可是，那條路一定比這些路都還要僻靜很多。不然，警衛也不會用『僻靜的路』來幫人指路了。」

小卷這麼說。不斷咕噥著僻靜的路、僻靜的路。

減速開過和緩的彎道，就來到一座操場，有高中生在練習足球。

「這就表示我們走過頭了喔。」

留美子說。然後尋思她們來到這裡的這一路上，是否有僻靜的路。無論是在左側還是右側，凡是路她應該都沒有漏看才對。

「這就表示……」

小卷說著，將車子調頭，折回了約五十公尺左右，叫道：「有了！就是這條路！」

那條路兩側有灌木，勉强可容一輛車通行，看起來像是某戶人家的私人道路，荒涼得讓人以為走進去就是死路。而這條路看來除了「僻靜的路」之外無可形容。

「真的吔，好僻靜。」

聽了留美子的話，小卷笑著說：「所以那男生教的是對的。」

那條僻靜的路，一開始只不過是一條灌木夾道的坡道，別無意趣可言，但走著走著便出現了白樺樹，緩緩地時而上坡，時而下坡，清澈又濕潤。

「哦，原來還有這樣一條路可以通到旭觀景台啊，我都不知道。」

小卷說，把車速放得更慢了。

留美子覺得她曾走過與這裡極其相似的路。正當她開始懷疑「這個人會不會是在騙我」的時候，留美子與男子進行了一次三天兩夜的旅行。他們從輕井澤前往草津溫泉，去白根山兜風之後，回程走錯了路，誤入一條北輕井澤舉目四顧連一幢小別墅都沒有的路，路上白樺樹林綿延不絕。

來向沒有車，除了留美子與男子也沒有人。

明明向自己發誓不要說一些小家子氣的話，但那條白樺樹路太過寂寥，留美子終究還是說了。

你真的想和你太太離婚嗎？

你是不是在騙我？

結果男子回答，妻子對離婚所提的條件遠超過自己的預期，協商一直沒有交集，再這樣僵持下去也不是辦法，所以妻子的律師最期便會提出折衷的條件。

「我是個信守承諾的人。」

他是這麼說的。

留美子心裡想著，這條路怎麼會和北輕井澤那條路這麼像，一邊思索著也許自己不像女人。

男人才會放不下沒有結果的戀情，女人則是一旦結束便立刻拋諸腦後。女人懂得慧劍斬情絲……

好幾本書都這樣寫，留美子觀察身邊的女性，也覺得的確如此。然而自己卻只是看到兩排白樺樹，便幾乎下意識反射般想起與那名男子之間的事……這可能就是因為自己不像女人……

留美子把自己的想法告訴了小卷。

「無論哪個女人都會受傷的。不過，我覺得那只是舊傷有點痛而已，並不是放不下過去。我沒有談過那麼苦的戀愛，所以也沒資格說什麼。」

小卷說，然後笑著說，自己的右背到腹部這片手術疤痕，現在有時候也會痛，每次她都會感到不安，害怕會不會是復發的徵兆。

可是，最近已經產生了另一個自己，會罵那個害怕復發的自己膽小鬼——小卷說。

「萬一復發了，等復發了再煩惱就好。我比癌症强就是我贏。我會善盡人事。要是不行就死啊。就只是這麼一回事嘛。」

留美子雖然覺得不應該笑，但看到小卷俏皮靈動的眼睛，和那蘑菇般的頭髮，還是笑了。

「小卷好勇敢喔。不愧是闖過鬼門關的人。發生在我身上的事，又不是攸關性命……我其實不是恨對方，當然也不是餘情未了之類的放不下。我是懊惱自己那時候的愚蠢。愛上那種人，好像失去了很多很重要的東西……」

「你什麼都沒有失去呀。有了那次經歷，留美變成一個更好的女人了……我是這麼覺得的。」

小卷這麼說，然後問你怎麼看到我的頭髮就笑。

「因為每次小卷眼睛一動，那頭可愛的蘑菇頭也會跟著動啊。」

「頭髮才不會自己動呢。是風吹的啦。」

當路兩旁不再有白樺樹，看得到海的時候，前方又出現一個年輕的警衛，朝她們揮了旗子。這個看來比剛才那個警衛更年少的青年說，再過去就禁止通行了。

「可是，可以去觀景台嗎？」

小卷這麼問，警衛說用走的就沒關係，然後指指停了工程車的停車場。

通往觀景台的路幾乎是筆直的，兩旁樹木夾道，非常涼爽。

「剛才那個男生長得還不錯呢。」留美子下了車，邊走邊說。

「何止還不錯，他的五官好漂亮，我都嚇到了。」小卷說。

「先是教我們走沒有比這條路更僻靜的路的那個警衛，現在又是這個小帥哥，我們運氣不錯嘛。」

聽留美子這麼一說，小卷說：「可是，對我們來說都有點太年輕了。他們兩個大概都才二十出頭吧？我們都已經芳齡三十二了。」

然後走進空無一人的觀景台上一座有屋頂的小小水泥小屋。

雖可將小樽的街道、遊艇碼頭與石狩灣一覽無遺，但沿著海灣形成半月形的海的另一邊，既像田園又像漁村的風景分明遠遠地搖曳著，視野之中卻半片白色的碎浪也不見。

小屋的另一側是斷崖，設了低低的水泥矮牆阻擋，但矮牆上卻有各式各樣的塗鴉。

「怎麼會有人想寫這些啊。」

說著，留美子問起厚田村能不能搭火車去。

「你想搭火車去？」

「我想坐坐看地方的火車。」

「嗯，那我們就搭火車去吧。我打電話跟我哥說。因為本來說好他明天會開大卡車來載我們。」

「大卡車？」

留美子問，心想這個也不錯。她這輩子還沒有坐過大卡車。

之所以會突然想到搭地方火車，是因為上原俊國說他喜歡搭地方火車旅行的那番話在腦海中閃過。

自從在「都都一」巧遇那一晚以來，留美子只有一次在星期天早上到門口去拿報紙的時候，遇到假日還要出門上班的俊國，站著聊幾句而已。就是在那時候，俊國提到他大學時代和幾個朋友組了「地方鐵道研究會」的社團，一年辦兩、三次地方鐵道之旅，總共去了十次。

「我呀，就在十年前……」

留美子看著海，把收到名為「須藤俊國」的少年的信那件事告訴了小卷。

「小卷記不記得上次來東京來的時候，我們剛好在『都都一』那家餐廳遇到的那群人？」

「嗯。就是吃完飯到酒吧去抽雪茄的那幾個吧？」

「其中一個，住在我家對面的上原俊國，就是這個須藤俊國。」

留美子又把得知這件事的前後經過告訴了小卷。
「哦……他不知道留美已經知道了？」
「我想他應該不知道。」
然後留美子說自己正猶豫著不知道應不應該繼續裝作不知情。
「差七歲啊……嗯——，這個差距剛好。女方大七歲……嗯，這樣也許正好。」
「我不是說那個……」
留美子正要說自己的想法時，「會飛的蜘蛛……我在電視上看過。住院的時候，在病房的電視看到的。」
小卷說。
「你看到蜘蛛飛了？」
「嗯。雖然只飛了一下下，不過我想少說也有一百公尺吧。地點在東北，我記得好像是山形。」
那個節目的旁白好像說過，我忘了是哪個國家了，證明有蜘蛛飛越了二千公里的蜘蛛。小卷這麼說。

「兩千公里？」

一想到自己稚氣的想像原來並非童話般的幻想，留美子有點開心。

「好勇敢喔……」

小卷說。

「蜘蛛這種東西，我是絕對不會喜歡的，可是看了那個電視節目以後，我卻忍不住想，如果是用自己的絲飛了二千公里的蜘蛛，我願意跟牠交個朋友。」

聽了小卷的話，留美子思索假如是從她們現在所在的小樽，向北二千公里，那會是哪裡？向南呢？向東呢？向西呢？

留美子走出觀景台上的小小建築物，來到有陽光的地方時，小卷說：「我偶爾會和那時候跟上原先生一起的同事通Email。」

「哦，是那裡兩個裡面的哪一個？」

記得那兩位一個名叫大西史一，一個是八千丸義英，俊國在回家的電車上說過：「八千丸那傢伙，對人家蘆原小姐動了心。」

還說，蘆原小姐是八千丸的菜。個子嬌小，臉蛋圓圓的。

「八千丸先生。」

小卷回答。

「他在 Email 裡很沉默。」

她笑著這麼說。

「——現在是半夜二點。終於可以回家了。小卷小姐一定已經在睡夢中了吧——，或是，——早安。我現在要去上班了——，之類的……有時候真的會讓人很納悶，想說這到底是什麼意思？」

「比如說？」

「——假如小樽是零，東京大概就是七了——這種。」

「那什麼啊？」

加上小卷說他在 Email 裡很沉默的說法，留美子笑了。

「不知道……今天早上寄來的 Email 寫的是，——今天一天我也會以開朗的笑容努力度過——……」

小卷說，昨天晚上，他寄來了他自己想的暗號。

「什麼暗號？」

「就是一大堆漢字、英文字母和數字全部雜在一起，完全看不懂。他說，輸入密碼，瞬間就會變成日文。密碼是十個片假名。」

「昨天寄今天也寄，那就不叫偶爾，是常常才對吧！」

留美子說。但她沒有提起俊國的預感。

留美子邊好奇密碼要從寄來的Email的哪裡輸入，邊偷看著小卷有點不滿的側臉。

「那，小卷怎麼回？」

對於留美子這個問題，小卷像是不願讓人看到自己的表情般，走向觀景台的左側，說：「——我今天一天也會以開朗的笑容努力度過——，或是，——昨天作了噩夢，沒睡好——」

留美子笑了，說：「好像小學生的交換日記喔。」

「八千丸先生這個人，有點怪怪的。雖然也想暫時不要理他，可是，會寫Email給我的，就只有留美你，我表姐，和八千丸先生而已。」

然後小卷又以平時的表情回過頭來，說：「剛才，我說手術的疤痕一痛，我就很怕會不會是復發，是騙你的。其實我一點也不怕。我已經什麼都不怕了。如果說還有什麼會讓我害怕，那就是人。」

「人？」

「嗯。人很可怕。我會怕那種不講常識、道理和規則的人。我不想跟這種人來往。所以，有時候我會覺得八千丸先生寄來的Email有點可怕。」

留美子猶豫著該不該說，但還是問：「小卷，要解開那個暗號的十個片假名，要打在他寄來的Email的哪裡？」

小卷說，那不是一般的Email，好像是以這類專用的軟體寫的Email，格式不太一樣，只要點某個部分，信的正中央就會出現十個空白的方格。

「只要把十個片假名打進去就好？」

「應該是。然後字母和數字就會瞬間轉換成日文。」

小卷說，如果是必須保密的Email，恐怕不只要填十個片假名，還要輸入各種記號的組合。

「例如ZH20是大寫，接著是小寫的m和k，再來是平假名的『あ』，然後又是小寫的y，最後是平假名的『ゆし』。」

「可是，八千丸先生的暗號只有片假名吧？」

「那當然啊，我怎麼可能想得出ZH20mkあyゆし這種密碼啊。」

留美子彎起一根根手指，邊彎邊說：「ボクトケッコンシヨウ（和我結婚吧）。」

然後小卷也彎起手指笑著說：「ウニカニイクラアワビ（海膽螃蟹鮭魚卵鮑魚）。」

「咦？是這樣嗎？」

留美子一問，小卷又說出一串串十個字的片假名：「ハマキハハバナガイイ（哈瓦那的雪茄最好）。ボッタクリスシヤダメ（壽司黑店要不得）。オタルウンガフカイゾ（小樽運河是很深的）。ニシンノコハカズノコ（鯡魚卵又叫作數子）。

留美子聽出她是邊想邊隨口把十個片假名排在一起，於是發現這是小卷在掩飾她的難為情，便促狹地問：「你該不會已經找到解開那些暗號的密碼了？」

「我根本就不想找。我討厭像八千丸先生那種怪人。」

「他哪裡怪？」

「總覺得他沒有男人的肩膀。這樣很像是用開玩笑的 Email 來取笑天真無邪的清純少女……這種人，就會被歸類為『怪人』啊。明明就只見過一次面而已。」

「誰是天真無邪的清純少女啊？不會是三十二歲的小卷吧。臉皮有點厚喔。」

留美子的話讓小卷笑了一陣，然後說：「我覺得，今年的十二月五日，留美一定會到岡山縣總社市的田地去。」

「別鬧了。那是他十五歲的時候一時衝動寫的信。他絕對不想讓我知道那封信就是他寫的，又怎麼可能會在十年後的十二月五日在那裡等。要是我特地跑到岡山縣去，結果那裡半個人都沒有，也沒有蜘蛛在天上飛，那我豈不是白痴笨蛋加三級兼自我感覺良好的腦殘女。」

留美子坦白說出了自己的心情，但小卷那雙靈動的眼睛卻漾出笑意，說：

「留美一定會去的。」

明知小卷毫無惡意，但留美子總覺得被人瞧不起，於是將視線就從小卷身上抽離。

「要是我喜歡他的話，我一定會去。」小卷說。

「要是喜歡的話啊。」

「嗯。喜歡的話。可是，就算不喜歡，如果不討厭，我想我還是會去。」

「為什麼？」

「因為如果他真的在地圖上標示的地方等，我一定會喜歡上他。」

「這種活像灑狗血的愛情喜劇的事，我才不要呢。」

別的不說，如果真有人照十年前單方面寫來的信上說的，今年十二月在岡山縣總社市的田裡等人，那這個人絕對不正常。留美子這麼想，也把自己的想法告訴小卷。

「而且，他比我小七歲吔。又不是五十歲的女人和四十三歲的男人。對三十二歲的我來說，二十五歲的男人還是太小了。」

「我倒是覺得，女方比男方大七歲剛剛好。」小卷說。

兩人不約而同轉身離開觀景台，慢慢在樹木夾道的路上往回走。

「我覺得，沒有比和一個無聊的男人結婚更愚蠢的生活方式了。以前，女人生存的選擇太少，結婚生養小孩是唯一的生存方式，也被當作美德，但現在不是有很多選擇嗎？」留美子說。

「無聊的男人，具體上是什麼樣的人？」

小卷這麼問。

「格局小，酒品差，愛動粗，欺善怕惡、低級沒品……嗯——，要說說不完呢。小氣的也不行。我最討厭小氣了。不是只有在金錢方面……」

「嗯，我懂。有人就是很小氣。我也最討厭這種人了。」小卷說。

「動不動就畏畏縮縮猶豫不決的男人也很多。但偏偏就是這種人，沒事就會說『一個女人家』怎樣怎樣的。」留美子說。「我現在覺得，所謂的約定，應該是要放在自己心裡。」

她低聲自語。

「自己決定要做的事，愈是難以實現，愈是要暗藏在自己心底，決不輕易說出口。反過來，愈是愛把這種事掛在嘴上的人，愈是不能相信……我有這種感覺……約定，是要用性命來達成的……這樣才叫『約定』。我現在會這麼想。」

雖然對留美子的話點頭表示同意，小卷並沒有對此發表自己的想法。只說了一句。

「血印書，不過也是一張紙。」

「血印書？」

「就是以前武士要發誓留書證明的時候，不是都會割自己的手指，用自己的血在名字底下蓋血印嗎？」

「哦，我在時代劇書看過。忠臣藏。」留美子說。

「叛徒一定都是在血印書裡聯名的其中一個。」

小卷說，替自己打開輕型車的車門，「好，接下來我就帶你去小樽的觀光景點繞一圈。我們先去小樽運河。如果想進哪家店，不要客氣儘管說喔。」

小卷微微一笑，說小樽的花園公園有石川啄木的歌碑，問留美子要不要去看看。

「歌碑？是不會特地想去看。上面刻了什麼詩歌？」

「——こころよく　我にはたらく仕事あれ　それをしとげて　死なむと思ふ（鞠躬盡粹，雖死亦無憾）。」

留美子心想小卷一定是很喜歡這首詩，一邊坐進了副駕駛座。

走過人潮擁擠的小樽運河，進了被政府指定為重要文化財的舊日本郵船小樽分店，到附近的咖啡店喝冰咖啡的時候，小卷的手機響了。

是小卷的哥哥打來的，說去厚田村的小屋的行程要不要提早一天。因為施工所需的材料會晚到，他可以休兩天假。

「我哥問說，等我們今晚去預約的餐廳吃過飯，先回我家洗澡，然後再坐大卡車到厚田，你覺得怎麼樣？」

小卷按住手機的通話口，這樣問留美子。

「要在小屋住兩晚？」

「要是無聊，我們可以明天就回小樽。那個小屋附近有海水浴場，不過現在夏天還沒到，人很少，難得天氣這麼好，可以去玩水……我哥說會去那裡釣魚的也只有二、三個人，沙灘也很漂亮……」

海啊……還沒有擠滿戲水人潮的寧靜海邊……

留美子被說動了，回答：「好啊，就這麼辦。」

但她沒有帶泳衣來。海水浴場也已經十幾年沒去了。留美子的泳衣是學生時代買的，不知道收在家裡衣櫥的哪個地方。

小卷掛了電話，說哥哥九點來接，約留美子等一下去買泳衣。

「今年不知道流行什麼樣的泳裝。」

留美子說，一出咖啡店，便與小卷快步走向停車的地方。

「那我要把高中時比賽用的泳衣找出來。」

小卷說，然後宛如分享祕密般，悄聲說她高中時是游泳社的。

「咦！那你一定很會游泳囉！」

看留美子一臉訝異地這麼說，小卷笑著說，才兩個月就退出了。

「因為學姊說，無論再怎麼努力，像你這種小個子就是會有極限。就乖乖在旁邊游狗爬式吧……我覺得也有道理，就退出了。因為，那些被看好的選手，女生身高少說也有一百七，而且從幼稚園就去游泳學校接受特訓，她們的肩膀有這麼寬呢！」

小卷大大張開手臂，說她之後別說海邊戲水，連游泳池都沒去過。

小樽的店面也擺出了留美子在東京百貨公司看過的今年流行款泳衣，雖然是筆意想不到的支出，留美子還是買了連身款的泳衣，買完她們沒有回小卷家，而是直接到預約的海鮮專賣店吃了晚餐。

「感覺就是，海膽在這裡，鮑魚在這裡……」

回到小卷家，吃著葡萄，留美子摩挲著自己的胃說。

腦海中出現大鮑魚活生生被炭爐的火烤得痛苦扭動的模樣，留美子想起兩個人努力吃掉吃不完的海鮮之後端上來的海膽丼的分量，結果只勉強吃下五顆葡萄。

「不過，還真的吃得完呢。看到最後上桌的海膽丼的時候，心裡想著雖然浪費，也只好剩下，但結果還是全部吃完了……」

小卷說完，打開自己的電腦，讓留美子看已接收的Email。

那封信的樣式果然與一般的Email不同，有藍框信封的圖示，一點下去，便出現整面英文字母和數字，正中央一排十個正方形。

「打ボクトケッコンシヨウ（和我結婚吧）看看嘛？」

「嗯，好啊……不過，如果密碼真的是這樣，這個間諜也太脫線了。」

「怎麼說？」

面對留美子這一問，

「密碼當然要設成誰都想不到的啊，不然機密不是馬上就洩露了？」

小卷這麼回答，輸入了「ボクトケッコンシヨウ」這幾個片假名，按了正方形框框最後的星號。

於是英文字母和數字旋轉著變換位置，畫面上所有東西一度消失，接著出現了小小的漢字和平假名、片假名。

小卷驚呼一聲，那雙圓圓的眼睛望著留美子，說：「解開了……」

留美子也吃了一驚，但立刻自電腦旁離開，去拆剛買的泳衣上的標籤和貼紙，背對著電腦，不去看八千丸寄給小卷的長信。

小卷的母親請留美子先去洗澡，留美子邊洗邊想，八千丸這個人的做法，一定與小卷的個性不合。如果不半開玩笑地輸入「ボクトケンコンショウ」這十個片假名就看不到這封Email，而小卷之所以看得到，是因為她正確無誤地將這十個字填進了十個方格裡。小卷也許一下子就想到這十個字，也或許如果不是我把這幾個字說出來，小卷便永遠想不出密碼。無論如何，要是小卷不先想出「ボクトケンコンショウ」這十個字，就解不開那封暗號信。

小卷很討厭這種哄小孩的把戲。她長了一張娃娃臉，個子嬌小，看似柔弱，但她內心的堅強非常人可比。畢竟她曾兩度走過鬼門關。是個從地獄生還的女人……

留美子這麼認為。

洗好澡，來到二樓小卷的房間，小卷已經關掉電腦，從收衣物的塑膠箱裡找出了高中時的泳衣，正把泳衣攤開來。

「信裡寫了什麼？」

留美子努力以開朗的語氣問。

「出生年月日、爸爸媽媽的名字、畢業的學校。家裡有什麼人，現在工作的主要內容。興趣。自己的優缺點。去年的收入。」

「那不就跟履歷一樣了。如果是相親的話，應該叫庚帖吧。」

留美子用小卷的吹風機吹著頭髮，故意若無其事地笑著說。

「還寫了第一次看到我的印象……還有後來對我的感覺。」

小卷說完便下樓去洗澡。

外面傳來大卡車特有的引擎聲，然後在小卷家門前靜止。

樓下響起男人粗粗的聲音。

「不用急啊。」

那個應該是小卷的哥哥的人說。

千萬要小心。不可以對冰見小姐失禮……

也傳來小卷的母親對兒子說話的聲音。

「我手下個個都很乖，媽你甭擔心。今晚月色很美，是月光下的沙灘哩。」

「小屋有沒有好好打掃乾淨？」

「現在老辰和鷹仔正在打掃。都掃了三次了。還抹得乾乾淨淨的。煤油燈也加了三盞。」

聽著母親與兒子的對話，留美子心想，對喔，今天可以在月光下的沙灘玩呢，整理頭髮化好妝，便下了樓。

先前已聽說小卷的哥哥是個土木建築的作業員，又會開大卡車，所以留美子自行把他想像得倔強而多少有點粗獷，不料他卻是個體型與母親相似、只比留美子稍微高一點，頂著一頭整齊的三七分頭髮的三十五、六歲男子。

現在他是穿著T袖和卡其色工作褲，但若穿上白襯衫打起領帶，套上西裝，看起來就像個老實的業務員，留美子甚至還因為與自己的預期相差太多而感到不知所措。

留美子打過招呼，說難得的假日卻為了我特地撥出時間，向他道了謝。

「哪裡，不管冰見小姐來不來，我們都打算在厚田釣魚的。」

小巻的哥哥這麼說。

然後補上一句：「我叫惠一。」

結果小巻的母親笑著打趣他。

「好難得呀，你也會說『我』……我還是頭一次聽到你說『我』呢。平常明明都只會說『俺』的。」

「我對剛認識的人也是會用『我』或『在下』的。」

惠一說，點起了菸。

「現在車少，從這裡開車過去，只要一個小時多一點。所以，十點出頭就會到厚田了。」

說著，從長褲的後口袋取皺成一小團的行車地圖，為留美子指出北海道中西部，手指在地圖上滑過去，說就是走這條路。

沿著石狩灣先往東，然後北上不遠處便有「厚田」這個地名。

「村子的中心是在這裡。我們要釣魚的海邊，比這裡再前面一點。除了小屋，什——麼都沒有，一片漆黑。只有月光。」

「哇，只有月光，好棒喔。哥哥肯帶我們去，好開心喔。」

「嗯。保鑣很多，你可以放心。」

「那個海邊可以釣到什麼？」

留美子問。

「鰈魚。」

「哦，能釣到很多嗎？」

「我已經在這裡釣魚五年了，連一隻都沒釣到過。」

「一隻也沒有？」

「是啊，上勾的次數有幾十次，可是全都跑掉了……」

「可見你技術有多差。」

被母親這麼一說，惠一回答：「嗯，大夥兒都受不了我。」

他眼珠滾動的方式跟小卷很像，害留美子忍笑忍得很辛苦。

如果說，讓親子或兄妹顯得不可思議地相像的，是某個並非特別顯眼的固有特徵，那麼自己與弟弟亮或許也有別人看了會發笑的相似之處，想到這裡，留美子掛念起亮，不知道他現在怎麼樣了，腦海中浮現他的面孔。

這十天，都沒收到亮的Email。

亮的新師父在和歌山縣的熊野擁有一座工坊，在他們那一行是極知名的人物，據說是一位「典型的工匠」。一定是不好相處，對工作又嚴厲，亮每天都在被吼被罵中，拚命學習木工吧……

留美子一這麼想，便決定下次休假要到熊野去。

洗好澡的小卷在哥哥的催促下，匆匆準備出發。

這是留美子長這麼大第一次搭大卡車，所以就算腳已經搭在爬上副駕駛座的金屬短梯上，身子還是上不去，要小卷從下面幫忙推她的腰。

「好神奇！好像戰車喔。會有種所向無敵，誰敢惹我就放馬過來的感覺。」

終於在副駕駛座坐下之後，留美子從前車窗看著馬路和經過的行人這麼說。

「真的是俯瞰所有別的車呢。」

小卷也說。

「不過，有股男生的臭味。」

小卷在留美子耳邊悄聲笑著說，不讓開車的哥哥聽到。

的確，卡車裡充斥著一股只能以男人味來形容的味道。
「這輛卡車，應該是第一次載女人吧。」
惠一說，向出來送行的母親揮手表示「我們走了」，按了一下喇叭。
喇叭的聲音實在太大，留美子嚇了一跳，但附近人家養的狗似乎也嚇到了，一直叫個不停。
一穿過小樽市區，卡車就從國道五號線轉入三三七號線。
石狩灣時而在前方時而在左側，小小的漁火忽隱忽現。
「真的呢，好像在坐戰車。」
小卷說，從背包裡取出一個細細的金屬管。
「你又沒有坐過戰車。」
惠一笑了，說大卡車這種無敵的乘坐感正是要特別小心的地方。
「要是覺得所向無敵，橫衝直撞起來，就會發生要命的車禍。」
小卷的那個金屬管裡裝的是雪茄。她把雪茄叼在嘴裡，但沒有點火。
「那什麼啊？小卷，你那是什麼？」
惠一一臉驚訝地問，讓車子減了速。

「雪茄呀。不然看起來像冰棒嗎?」

「雪茄……我當然知道,可是……」

「Zino Mouton Cadet No.7。這是乾雪茄,所以像這樣裝在管子裡。」

回答之後,小卷以手指夾住雪茄,做出抽雪茄的樣子。

「你什麼時候開始抽這個的?」

「十天前送來的。我都還沒抽,不過,淑女就是要抽雪茄呀。紙菸太俗氣了……」

留美子看著小卷的哥哥的眼睛,心想所謂的「雙眼圓睜」一定就是形容這種情形,再也忍不住笑。

小卷解釋,她在網路上搜尋,找到橫濱一家雪茄專賣店的網站,從他們的雪茄單上選了「Zino Mouton Cadet No.7」,請他們以貨到付款送來。

「也給我一根啦。」

惠一一隻手朝雪茄伸過來,但小卷叫他開車要雙手握方向盤,把雪茄拿得離哥哥遠遠的。

「哥哥抽那種一根頂多十幾圓的紙菸就好。給嚐不出味道的人抽雪茄,太浪費了。反正給你抽也是暴殄天物……」

「那個一根多少錢？」

留美子問。

「七百・二十五根一盒的木盒送到的時候，我心跳得好厲害呢。」

小卷說，把雪茄放在鼻子底下橫移，聞雪茄的香味。

「七百！一根嗎？呃——，那二十五根多少錢？」

惠一心算的時候，小卷回答：「一萬七千五。」

然後說，一星期抽一根，可以抽半年。

「在隔天放假的晚上，睡前來段雪茄時間……今晚就是這樣一個夜晚。」

「我真的到現在還在驚訝。小卷竟然抽雪茄……」

「小卷雪茄，聽起來好像一種昆蟲的名字……」

留美子這句話，讓小卷和惠一都笑了。

大卡車從國道三三七號進入二三一號。惠一說，他們已經到石狩川附近了。對向幾乎沒有來車，靠海那一側偶爾有人家，但連行人都沒有。

「看不到海呢。」

留美子低聲說，心想今晚一定會一直待在月光下的沙灘上。
路上雖然有注明了「厚田」的標示，但道路兩旁沒有人家，也看不見夜晚的海。
既然叫作「村」，留美子原以為一定是個海邊的小村落，但這裡是北海道，原來「村」的規模比其他地方大得多。
「小卷，你最好還是不要抽什麼雪茄。」
惠一說。
「放心。煙不會吸進肺裡的。雪茄是用舌頭和鼻子來抽的菸。」
「可是，尼古丁不是會透過舌頭和口腔黏膜之類的被吸收進去嗎？」
「人類沒有那麼脆弱啦。而且我就是喜歡雪茄。」
「你什麼時候學會抽這個的？」
「上次去東京的時候。留美的朋友帶我們去雪茄吧。」
想對自己說聲「辛苦了」的時候，用心泡上一杯紅茶，邊喝邊抽雪茄，開開心心地覺得，啊啊，這一週也全心工作，過得很有意義啊……
小卷這麼說，把雪茄放回金屬管子裡。

「過得很有意義……是嗎。」

惠一微微一笑，說，回頭你給我一根。

「別說暴殄天物嘛。」

「嗯。好啊，不過只有一根喔。」

雖然出現了人家，但只有一連三間，很快便消失，接著又出現了四、五間，之後就沒有了，留美子看著地圖查他們是在厚田村的哪一帶時，三戶人家的燈從黑暗中浮現，大卡車小心翼翼地彎進這些人家之間的小路。

雖然聽得到海浪聲，但大卡車的車燈照亮的地方，除了滿地塵沙的柏油路之外，什麼都看不見。

然而，注視著前方的留美子，卻看到了半空中飄浮著比電燈更亮的光。

原以為是海上的漁火，但那光比海還要近。知道那是惠一租的小屋所掛的煤油燈燈光後，留美子說：

「好像螢火蟲喔。」

「好啦，鬼屋到了。」

惠一將大卡車駛過一幢二樓的老舊小木屋，就近停好車，這麼說。

卡車的車燈沒關，照亮了海與海灘，其中站著五個男人。

「都是我的手下。」

惠一先下了大卡車，繞到副駕駛座這邊，拿手電筒照亮地面，扶留美子下車。

那五個惠一說是手下的青年，分別拿著手電筒，一起照在留美子身上，留美子覺得好刺眼，伸手在眼睛面前擋光，看著他們打招呼。

「大家好。我是冰見。要請大家多關照了。」

其中一個穿著運動衫和及膝的短褲，趿著橡膠涼鞋；一個穿著上面有建設公司名稱的工作服；一個穿著連帽防風夾克和牛仔褲；一個腰間掛著工程用安全帽，穿著橡膠長靴；還有一個穿著隆冬的毛衣，捲起袖子，下半身略嫌太大的海灘褲……

這五名青年沒有回留美子的話，拿著留美子和小卷的行李就朝小屋走。

「我們擺了七根釣桿……」

穿短褲的青年對惠一說。

「剛才巡邏車來了兩次，看過小屋走了。還交代說，別搞出火災，姿態超高的。」

腰間掛著安全帽的青年說。

站在小屋的小門前，惠一比出「請進」的手勢，打開了門。

雖然是兩層樓的建築，但小屋內部幾乎是整個挑高的，所謂二樓的部分也沒有任何隔間，與其說是房間，還更像一個大型的架子，看來只能靠梯子爬上去。

那如架子般的二樓有個大大的木板窗，就構造而言是可以開關的。

以前盛產鯡魚的時候，一定是從那個木板窗看船是否返航吧？留美子邊想邊脫鞋進了天花板挑高的木板房一樓。上面擺了兩雙全新的拖鞋。

「哦，哥你幫我們準備了拖鞋？好周到。我以前來的時候，就什——麼都沒幫我準備。」

小卷笑著說，調整了那盞應該也是為了今晚才以粗繩從天花板橫梁垂掛下來的煤油燈的燈芯。小屋裡變亮了，照亮了擺在已開始腐朽、處處破損的木地板上的不鏽鋼桌。桌上，擺了幾種零食和兩個哈密瓜。

「嗚哇！刷得亮晶晶的呢！」

小卷看了地板，大聲這麼說，向仍站在門口的五個人道謝。

「我們跟棉被出租店租了被子墊被，鋪在二樓了。白天放在海邊曬，所以上面可能有點沙子。」

穿著冬季毛衣的青年說。

「你們還沒吃飯吧？」

惠一問五人。

安全帽青年說，飯他們在工地的宿舍煮好帶來了，也借用了筷子和餐具，然後打開了一個保麗龍箱子。

裡面有鮑魚、蠑螺、留美子不認得的貝類，以及十個海膽，旁邊塞滿保冷用的冰塊。

「我們已經吃過了。很飽。」

小卷說。

幾個青年似乎是準備在海邊烤肉。還說啤酒已經冰好了。

「不過，這個你們一定要吃吃看。」

穿短褲的青年邊說邊打開另一個保麗龍箱。

「是口蝦蛄。用鹽水汆燙，去殼，上點醬油來烤，好吃得不得了。這可是請港口的原田先生賣給我們的。」

據說一到早上，厚田港就會出現一整排賣口蝦蛄的攤販，很多人會大老遠開車來買。

惠一與青年們離開小屋，走向架好釣竿的海邊。

他們已升好炭火，只待將鮑魚、貝類放上烤肉網。

「他們啊，在放假的前一天，都會在這裡釣魚。」

小卷說，爬上梯子，到活像大雙層床的二樓，向留美子招手。

「我們要睡這裡。」

白天在海邊曬過太陽的鋪蓋還有餘温。

「要是翻身翻得太誇張，就會整個人倒栽蔥掉下去。」

留美子趴在宛如飄浮在小屋半空中這個二坪出頭的木板間，探頭往下看。

「所以要頭朝著牆這邊睡。」

小卷說，打開木板窗。

海風從那裡吹進來，吹動了煤油燈。遠遠地，可以看見惠一他們的身影。

人手一支的手電筒，照亮了空心磚堆起來的臨時烤肉爐。

「從這個木板窗看出去的夕陽很壯觀喔。」

小卷這麼說，然後低聲說海難得這麼平靜。

「冬天實在是有夠誇張的。」

「我想也是。像這種到處都有縫隙的小屋，寒風一定讓暖爐都暖不起來。」

聽了留美子這句話，「那風啊，寒風根本不足以形容。」小卷說，朝打暗號般大大揮動的手電筒燈光揮手。

「會吹到讓人以為臉頰要凍得裂開。」

她說，冬天是不可能在這個小屋裡過夜的。

「冬天北方的海驚濤駭浪，雖然荒涼無比，但一——直看著，會覺得那後面……」

說到這裡，小卷沉默了，像是在找話語來形容，但就此沒有開口。

留美子也到木板窗旁，和小卷並肩而坐，看著惠一和五個青年朦朧的身影。

「那後面，是指海的後面？」留美子問。

「應該是狂暴的冬天的海的內部吧⋯⋯」

小卷低聲說。

「我聽到一個聲音溫柔地說，你什麼都不用怕。」

「你聽到了？你親耳聽到的？」

「嗯。叫我不用擔心了⋯⋯」

「海嗎？」

「嗯。」

「什麼時候？」

「我動完第二次手術出院以後，一直在吃藥性很猛的藥，就是那時候來的。那時候是二月。我求哥哥帶我來的。」

有我在。一切都交給我。無論是生是死，都儘管放心吧。

小卷說，自己確實聽到那個聲音。

「我呀，聽到那個聲音，就從這個小屋走出去，走到海邊。一路上差點被吹走⋯⋯我好想再聽聽那個聲音。可是，一站在海邊，就再也聽不到那個聲音⋯⋯回來以後，從這個木板窗看著海，就又清清楚楚地聽到了。叫我無論是生是死，都儘管放心……」

小卷說，那時候她想了很多。但並沒有提「很多」是哪些。留美子也沒問。因為她覺得只有小卷聽得到的聲音是可信的。

忽然間，留美子心中浮現出俊國十年前的身影。無論是臉龐還是衣物，都不再像過去那般模糊，而是異常鮮明，就在N車站附近的麵包店前，站在留美子面前。

俊國對我說，他有一個暗戀多年的對象……

留美子想到這裡，認為如果那個人是自己，該有多令人高興。多麼榮幸。十年來堅定不移的心……如果這顆心是專注在我這個無趣平凡的女人身上，那麼我真想用自己的一切包容這顆心……可是，如果俊國當時那句話是二十五歲的青年常開的玩笑，那麼我就自我感覺良好到讓人退避三舍了……

或者，畢竟是十五歲的少年，也許心儀的異性有好幾人，我只不過是其中之一，而俊國單戀十年的對象，可能不是冰見留美子這個年長他七歲的女子……

留美子這麼想著，對小卷說：「冬天猛惡的海對你說，無論是生是死，都儘管放心。小卷聽到了那個聲音。我覺得一定是真的。」

小卷面對致死率極高的絶症，堅强奮鬥。但這同時也給了小卷不足為外人道的思考時間吧。在那樣的漩渦之中，小卷的確聽到了。無論是誰說的，小卷的耳朵都聽到了。如果這不可信，還有什麼是可信的……

一這麼想，留美子就有一股衝動，想和小卷立下新的約定。

自己能夠為小卷做的，便是雙方都必須長壽否則便無法實現的約定。

留美子這麼想。然而，該立下什麼約定，留美子卻一點頭緒也沒有。

「要不要去吃口蝦蛄？」

小卷說。

「那群人沒見過像留美這麼標緻高雅的女性，緊張得要命。雖然很想跟留美講話，可是又不知道該說什麼。」

「我標緻高雅？會這樣說我的就只有小卷而已啦！我知道自己有多平庸，多缺少女性魅力。」

「哪會。留美好漂亮。你的臉很神奇，愈看愈漂亮。你也承認自己身材好吧？」

「嗯，好說啦！」
留美子以搞笑的表情這麼回答。
「我是覺得我的胸部挺不賴的……可是最近真的不是我想太多，有種失去彈力的感覺。進入三字頭一晃眼就二年了，沒辦法呀。」
「你的屁股的形狀好漂亮，我好羨慕。像我，被我媽媽說是典型的下半身肥胖的屁股。被下半身有我五倍胖的媽媽這麼說，我真的好悲哀。」
「咦！我屁股很漂亮嗎？」
「很漂亮呀！你穿棉質長褲的臀部線條，相當撩人呢！」
「我們去吃口蝦蛄吧。」
留美子掩飾自己的難為情站起來，雙手整平了棉質長褲臀部部分的縐褶。
走出小木屋，以手電筒照路走在通往海邊的路上，將光線往應是海浪拍岸的沙灘上照，只見一片靜如沼澤的黑海。
再平靜的海，沙灘上都應該都有來來去去的海浪才對，但這片北方的日本海究竟是怎麼了？留美子甚至感到有些詭異。
將手電筒的光往海邊到處照，只見活像有人倒地般的幾段飄流木凌亂散落，每一段都乾透了。她們避開飄流木東拐西繞地走著，留美子發覺自己愈靠近青年們所在的地方就開始愈「做作」，在心裡暗罵：夠了，少臭美。

留美子對小卷說。

「我在銀行開了一張支票。」

「五十萬的支票。我還是頭一次把自己的錢開成支票……」

「五十萬？把這麼大一筆錢開成支票做什麼？」

小卷問。

「就是我們那個約定的錢。想說要交給小卷……要捐給尼泊爾的村子建學校的錢。」

小卷停下腳步，小小驚呼一聲「咦」！

「我也在網路上查了一些資料，果然現在最起碼好像還是要三百萬。所以，五十萬實在不能說實現了和小卷的約定，不過……」

「你現在帶著那張支票？」

「放在包包裡。包包我放在小屋……」

「要是被偷了怎麼辦！」

說完，小卷就拉住留美子的手，轉身就朝小屋跑。
「又不會有小偷啊？在這種半個人都沒有的海邊。」
留美子也跟著邊跑邊說。
「可是，凡事都有萬一啊！要是有人偷跑進小屋，從海邊是看不見的。」
小卷才剛說完，就被飄流木絆倒了。她跌倒的樣子實在好笑，留美子便在海灘上四肢著地笑了。
「人在跌倒的時候，會本能地雙手著地，可是小卷卻是用臉著地再打滾。」
「因為我的身體整個都是圓的，沒有方的地方。可是卻又沒有漂亮的曲線，好悲慘喔！」
小卷也笑著說，拍掉頭、臉、胸口的沙，再次拉住留美子的手跑。
提著裝有支票的包包，留美子和小卷再度尋著自己的足跡回到海邊。
炭火上的鐵網放著鮑魚和蠑螺，正烤得恰到好處，惠一在上面淋了醬油。炭火上也放著一個茶壺，裡面的水沸騰著。
穿短褲的青年從保麗龍箱子裡取出帶殼的口蝦蛄，說：「好，要燙了喔。這個最難的就是怎麼燙。」

然後在沸騰的熱水裡先加了鹽，再把口蝦蛄放進去。惠一用銳利的刀子將烤好的鮑魚切成一公分的厚片，放在盤子上，遞給留美子。

「再把這個吃下去，我今天大概就把一輩子的鮑魚都吃完了。」

留美子邊說邊擔心自己的胃到底能不能再裝進食物。青年們笑了，又再留美子的盤子裡盛了幾個蠑螺。

「來個烤海膽如何？」

安全帽青年說。

「好。胃會怎樣我都不管了。」

留美子這麼說，遞出了盤子。

那七根釣竿的魚勾大概是拋到留美子想不到的遠處海中，現在其中一根大大彎曲，掛在竿頭的鈴噹響了。

「喔，上勾了。」

惠一走向釣竿處，開始捲線。

「這下不妙……怎麼頭一個開獎的偏偏是惠一哥的釣竿啊！」

穿工作服的青年以熟練的手法剝著燙好的口蝦咕的殼說。

「鰈魚是用什麼當釣餌？」

留美子一問，青年們齊聲回答：「透抽啊。」

說是把生透抽切小塊，掛在釣勾上。

留美子拿著盛有鮑魚、蠑螺和烤海膽的盤子，走近時而向右走時而向左跑著控制著釣竿與線捲的惠一，注視繃緊的釣魚線的前端。只能看到釣竿竿尖那一頭三公尺左右的釣魚線。再過去便是一片漆黑的海。

「這隻鐵定大隻！」

惠一喊，將釣竿緩緩豎起再猛捲線，然後全身虛腳地坐在海灘上。

「跑掉了嗎？」

留美子看到鬆弛的釣魚線這麼問。

「一呎五吋大的魚啊……」

「一呎五吋，呃，一呎是三十公分吧？」

惠一邊轉動捲線器捲回釣魚線，一面抬頭看留美子，喃喃地說：「我不要再釣魚了。」

青年們在大碗公裡盛了飯，或是撒上切碎的鮑魚，或是拌進烤海膽，以留美子目瞪口呆的速度掃光之後，回到釣竿邊。

「不行。我已經不行了。再吃下去，肚子會撐破。」

留美子說，放下盤子，坐在海灘上。

「我也是，我也可以明明白白地感覺到海膽在這裡，鮑魚在這裡……」

小卷也指著自己的胃這麼說，在留美子身邊坐下。

「阿孝在這個碗公裡裝了三碗白飯，吃了三個鮑魚、五個烤海膽、七隻口蝦蛄。而且才十五分鐘就吃完……」

小卷一臉傻眼地望著工作服青年，對留美子說：「喏，來游泳吧？」

「咦？現在？」

「因為，一個人很丟臉，可是兩個人一起就不覺得了啊？」

「在這麼暗的海裡游？我會怕。」

「不要到水深過腰的地方就好啦。」

小卷說，自從生病以來，就沒有在海裡游過泳了。

「要向那群不會說話的炫耀一下留美美麗的身體曲線呀！算是獎勵他們花一整天幫我們打掃小屋、曬棉被，還烤鮑魚蠑螺海膽口蝦蛄給我們吃。」

小卷好像是認真的。

「什麼啊……我的泳裝怎麼能算獎勵……我的肉體才沒有那個價值呢。剛才雖然說對胸部稍微有點自信，可是那只是愛面子說的，根本不值得給人看呀！」

聽了留美子的話，小卷無聲地笑了，站起來，大聲問哥哥可不可以游泳。

「我用車燈幫你們打光。有些地方會突然變深，要小心喔！」

惠一這麼說的時候，兩根釣竿的鈴鐺同時響了。是安全帽青年和叫作阿孝的那個青年的釣竿。

「好，那就來游吧。能在北海道厚田的海裡夜泳的機會，可不是隨便就有的。」

留美子說，回到小屋，換上剛買的連身泳裝。小卷穿的是高中時比賽用的泳衣，她的身體嬌小又圓潤，但穿上泳裝卻莫名顯得勇健。

「你看，有資格當獎勵嗎？我的泳裝。」

留美子問。

小卷繞著留美子上下打量，說：「好誘人。」

「真的嗎？」

「嗯。秀色可餐。羨慕死人了。」

小卷搞笑地這麼說，拉住遲疑著不肯出去的留美子的手。

爬下梯子，走出小屋時，小卷急忙又進屋去拿留美子那個裝了支票的包包，問：「真的嗎？留美那五十萬，真的要用來蓋學校嗎？」

「那是我和小卷在中學的時候立下的約定不是嗎？我認為，對人類而言，能夠實現約定是一大幸福。等我們老了，要是有機會去尼泊爾的村子，看到在我也捐了一小部分錢所蓋的學校裡念書的孩子，一定很幸福。」

一說完，留美子便想，如果決定一個年齡，兩個人約好到了那個歲數，就一起去拜訪尼泊爾那個看得到喜馬拉雅山的小村莊的學校，也不失為一個好主意。

八十歲的話，要長途旅行可能有困難。但是，七十歲應該還可以吧……

那個村莊的學校，是日本的有志之士一同募款興建的。學校校舍裡並沒有書寫這些熱心人士的名字。但是，自己的錢的確有部分用來建設那所學校，在那裡就學的孩子當中，有幾個人會繼續升學，成為有為的人才……

等七十歲時親眼看到這樣一所小學，我和小卷究竟會有什麼感受呢……在四十年後的社會，七十歲能算是長壽嗎……

屆時，也許人類克服了許多重病絕症，百歲人瑞不再稀奇，人類的壽命也或許因地球本身發生變化或意想不到的戰爭而大幅縮減也不一定。

但無論如何，七十歲這個年齡應該不能算短命。無論平均壽命是多少，能活上七十年，應該算是長壽吧。

小卷戰勝了癌症。這件事堪稱奇蹟。正因如此，留美子更希望小卷長壽。等她們七十歲，就到尼泊爾去看她們捐款興建的學校……在實現這個約定之前都不死……不，是不能死……

留美子邊想著這些邊往海灘走。然而，她對於穿著泳裝到青年們釣魚的地方還是有所顧忌，便在距離他們約二十公尺的地方，將腳踝泡在平靜的海裡。

小卷跑到哥哥那裡，寄放留美子的包包，拜託哥哥：「朝那邊打光。」其中一名青年，移動車子將車頭燈照往小卷所指的方向。

留美子眼前的那片海，浮現了一個光圈。光圈看來確實是水深僅及腰。留美子以腳趾小心地探索著地面，慢慢走進海裡。

到海水及腰的深度，雖然意外温暖，但一旦捲起了小小的暗浪，底部便好冷，提醒人們這裡是日本海北部的夜間之海。

不知不覺，留美子正好站在海上光圈的正中央。

水位大約在留美子的心窩高度，留美子決定依照惠一的忠告，不再繼續往海的方向走，而沿著岸邊游。

小卷以仰式游向留美子，到了留美子身邊便不再游，仰飄著浮在海面。

「我以前和朋友比賽過，看誰可以像這樣飄最久。」

小卷說。

「游泳池的話十五分鐘，但海的話，可以飄兩倍的時間。因為海水有鹽分的關係。」

「要全身放鬆，讓水把身體抬起來對吧。知道是知道，可是，我仰飄就是浮不起來。身體就是沒辦法完全放鬆。」留美子說。

「要像仰躺在床上發呆那樣看星星。」小卷說，從海中走來，橫抱起留美子，扶著她的腰和臀部，「等你放鬆到不能再放鬆了，就說『好了』。」

留美子在小卷的支撐下，仰飄在海面上。

「嗚哇！月亮太亮，亮到都看不見星星了。」

留美子說。

「不行、不行，腳還是沒放鬆。這樣你會沉下去。」

「我自己覺得已經放鬆了啊……」

「要更放鬆。把眼睛閉上好了。這樣會更放鬆。」

留美子依言閉上眼睛。她感覺到大海的、若有似無的暗浪底部的巨大力量。

「好了。全都放鬆了。」

留美子一這麼說，小卷便輕輕放開手。留美子的臀部和腿立刻往下沉。

「還是有地方沒放鬆。因為你不相信人的身體真的可以浮在水上。」

「可是我自己覺得全身的力氣都放掉了啊……」

「那，再試一次。」

她們又試了好幾次，可是一旦小卷放手，仰飄在海面上的留美子的身體就會往下沉。

「是不是胸部在用力？」

小卷笑著說。

「你的胸部大得都能當救生圈了，所以胸部也要放鬆喔！胸部一放鬆一定可以浮起來。」

青年們似乎也聽到小卷的話，海邊響起了一陣輕笑。

「一定是有什麼竅門，可是我就是抓不到。」

留美子心想，就算不能自己飄起來，像這樣被小卷扶著仰飄著看月亮也好，便這麼說了，然後把自己剛才的想法說出來。

「等我們七十歲？」

小卷的手從留美子的背和小腿下面扶著她，低聲這麼說。

「我能活到那時候嗎？」

「一定能。現在是人生八十年的時代了。」

「可是，我的身體傷痕累累呀。動了兩次大手術，又被放射線治療和抗癌劑折磨得遍體鱗傷。我想，我一定是容易罹癌的體質。所以我早就做好心理準備，能活到五十歲就謝天謝地了。」

「那你這個心理準備要延後二十年。不然就沒辦法踐約了。」

聽留美子這麼說，小卷說，那個以在尼泊爾蓋學校為終生職志的人，現在已經著手興建第三所學校，她正為了參與第四所努力存錢。

「第四所學校啊，聽說要蓋在可以看到珠穆朗瑪峰的村子。登山客會在南崎巴札這個地方整裝準備，依照自己的能力設定第一營地、第二營地。所以雪巴人也會住在南崎巴札……要建第四所學校的那個村子，就在南崎巴札往西三十公里的地方。留美的錢應該也會用在那裡。」

「等我七十歲，就要去看那所學校，和小卷一起去。」

留美子忽然發現，小卷不知何時也和她並肩在海上仰飄。

「留美是自己飄著喔。你都沒發現嗎？」

車燈下小卷的臉上帶著笑。

「啊，真的吔。我在飄呢。」

才說完，留美子的腿便又沉下去了。留美子心想，也許再請小卷扶個兩、三次，就能靠自己飄起來，便拜託小卷「再扶我一次」。

「這和學騎腳踏車的練習方法一樣。請別人在後面扶，踩著踏板，後面在扶的人悄悄放手……就是那個要領。」

小卷說，幫忙扶留美子。第三次，留美子成功仰飄在海面上。

「成功了！」

留美子高興得大喊。

「我頭一次這樣賞月……」

留美子喃喃地說，與小卷並肩仰飄在海面上，望著大大的半月。

身體變冷了，小卷便約留美子：

「我們到火邊去取暖吧！」

拿放在岸邊的浴巾擦乾身體，留美子到剛剛還在烤鮑魚和蠑螺的空心磚火爐旁，這才想起自己和小卷根本沒有帶浴巾來。浴巾是工作服青年到小屋去拿來悄悄放在岸邊，沒驚動留美子和小卷。

留美子向工作服青年道謝。青年坐在釣竿處，面向海，只稍稍舉手回應。

「大家都刻意不看我們。」

小卷說，指指加了新炭的空心磚火爐。鐵網上放著裝了水的水桶。

「這是給我們沖海水的吧。我哥他們還真細心體貼。只有我的時候，明明都不鳥我。」

小卷這麼說，然後獨自拿著手電筒回小屋去了。

「釣到鰈魚了嗎？」

留美子問依舊背對她的幾位青年。炭火的熱度立刻暖和了身體。

「三條。」

短褲青年回答。

「三條都上了阿孝的勾。我的後來就完全沒有動靜了……」

惠一說，關掉車子的引擎，熄了燈。

「要再游泳的時候再跟我說，再幫你們開燈。」

小卷帶了六根裝在金屬管裡的雪茄和餅乾盒回來。

她以熟練的手法剪了雪茄的切口，再發給幾位青年。

「用崇火爐來點可以順利點著。」

聽小卷這麼說，幾位青年便聚在空心磚火爐邊。

「這個叫雪茄剪。買一盒這種雪茄就會送。賣家說，剪出來的切口很像挖一個圓圓的洞，不用怕不小心失手剪太多……」

小卷明明說煙不可以吸進肺裡，幾位青年還是像抽紙菸一樣，深深吸了進去。

「嗚哇，會頭暈吔！」

安全帽青年一臉驚訝地說。

留美在一根漂流木上坐下，本來想拿浴巾擦頭髮的，卻不擦了。因為她想等身體暖了之後，再在海面上仰飄賞月。

「小卷不抽嗎？」

留美子這一問，

「我要留在睡前好好品味。」

「抽雪茄的女人，感覺好有魄力啊。」

阿孝說。

大家好像都是頭一次抽雪茄，拿法、抽法都顯得生硬，也沒有任何人有「味道很好」的感想。

小卷在留美子身旁坐下，抬頭看頭頂的半月，說：「那五十萬，暫時由我保管喔。」

「為什麼？」

「因為，我需要一點時間才能存到同樣的金額啊……我想把我的錢和留美的錢同時送過去。我不會花掉的，你放心。」

「我才不擔心這個呢。在決定把這筆錢用來實踐約定的時候，我就是怕自己會不小心亂花掉，才會開成支票帶來的。等小卷存了錢再一起送過去，這樣我更開心。」

「等我們七十歲啊……」

小卷抬頭看著月亮，喃喃地這麼說。

然後，她說她家附近有個高中生，是跳台滑雪的明日之星。

「他長得很清秀，又會念書，再加上被看好將來絕對會入選奧運國手，所以不止全小樽的女生都喜歡他，甚至還有人從札幌、旭川過來追星的，女生迷他的程度比一般小偶像還誇張。可是，他卻在某個清晨自主訓練去慢跑的時候，被送牛奶的小卡車撞死了……才說完『我出門了』，就在離家不到兩百公尺的十字路口……」

然後小卷又自言自語般喃喃地說，不到二十五歲就得了肝癌這種大病，動了二次大手術的自己卻還活著，正在海裡夜泳。

「等我和小卷七十歲，我們兩個一起到尼泊爾去看我們幫忙蓋的學校啦！發誓一起活到老，你不覺得這是個很棒的『約定』嗎？」

留美子壓低聲音不讓青年們聽到。

「怎麼能訂下可能無法實現的約定呢……」

小卷悄聲說。

「留美，你知道有一個理論說，宇宙裡呀，和地球一樣有高智能生命體的星球有幾十億個。」

說完站起來，走向海。

「你們要游泳嗎？」

惠一朝小卷喊，然後發動車子的引擎，打開了車頭燈。

留美子跟在小卷身後，問：「然後呢？」

「我覺得這個理論很可信。」

「然後呢？」

留美子又問。

「我是在想，這種理論我都相信了，為什麼會不敢做出活到七十歲的約定啊……」

「冬天狂暴的海不是叫你放心了嗎？我也想聽聽那個聲音。到七十歲還有三十八年。才三十八年。七十歲，現在已經不算古稀了。我之所以說七十歲，是因為覺得八十歲就算身體還不錯，可是要到尼泊爾的山區旅遊還是太勉强，搞不好會給別人添麻煩。要不然八十歲也可以。」

說完，留美子朝車頭燈在海面上照出的光圈的中心游過去。

釣竿上裝設的鈴響了，留美子在水深只到腰的地方站起來，朝惠一他們看。有鰈魚上勾的釣竿似乎是惠一的。

「喂，誰來幫我一下啦！我沒把握啊！」

只聽惠一的聲音在靜悄悄的海邊響起。

小屋那邊有强光靠近。看似來釣魚的兩名中年男子，開著四輪傳動車，一發現穿著泳裝的留美子和小卷，便停車不斷看著她們。

短褲青年走到那輛四輪傳動車那裡，以低沉的聲音說：「大叔，這不是給人參觀的。不要死盯著一直看。」

四輪驅動車立刻從留美子她們所在之處離開，朝海岸的另一端駛去。

「叫你們幫我都沒人肯幫。」

惠一的聲音又響起。

「一定是魚又跑走了……」

留美子笑著說，在海面上仰飄。

「雖然覺得好像沒有完全放鬆，可是我現在已經會自己仰飄了。已經抓到竅門了。」

留美子說。

小卷游著仰式，靈巧地在留美子身邊打轉，說：「因為你的身體學會了呀。」

叫阿孝的青年開著車，避開流木，從小屋之後的路駛向國道。炭火的火勢變弱了，安全帽青年在海邊來來去去地尋找乾透的漂流木，把找來的漂流木放入炭火中。

「真想明年也來這裡這樣游泳。」

留美子說。

「聽說盛產鯡魚的時候，厚田這個村子也非常窮苦，冬天淒清得言語無法形容。」

小卷說。

留美子曾經看過一次冬天的日本海。

到檜山稅務會計事務所任職後，頭一次直接負責的客戶是位於福井縣的一家紡織工廠，二月一個下雪的日子拜訪那家公司之後，留美子在武生站等候前往米原的電車，臨時起意想說既然來了，不如看看冬天的海，便問停在車站前的公車的司機這輛公車會不會到海邊。

司機說有一個路段是沿著海走，所以留美子便上了那輛公車。當時下著橫飛的大雪，乘客幾乎都是放學回家的高中生。

公車一穿過武生市區便立刻駛上沿海的道路。在一個看似小漁村的地方靠站停車，幾個高中生下了車，留美子便也跟著下車。

紡織工廠的老闆借她的塑膠傘根本派不上用場。海上吹來的雪將留美子胸部以下裹成一身雪白，強風幾乎要把傘吹走，留美子後悔自己一時衝動上了公車，心想原來連越前岬南方三十公里的地方，海相都如此狂暴，但儘管冷得瑟縮著身子，卻仍被眼前一片銀灰色的風景所吸引。

北陸冬海固然淩厲驚人，但北海道厚田村的冬海，想必別有一番獨特的魄力，以可怖可畏的荒涼不斷朝佇立的人類襲來……

留美子將那時候的事說給小卷聽，一邊望著應該已略朝西方移動幾分的半月更加明亮的月光。

「看了那家紡織公司的會計狀況，我心想，啊啊，這已經在戰敗善後的階段了，但我卻不敢對對方明說。一方面是我對自己的看法沒有自信，一方面也是因為他們明明不止是每個月紅字，而是幾乎做一天賠一天，但年輕的老闆兩兄弟為了讓工廠撐下去的那份拚勁實在令人感動……可是，工廠在半年之後倒閉了……」

由於與債權人的交涉委由專門處理中小企業倒閉的組織處理，福井工場便由檜山出馬。當時的留美子還沒有能力處理。

「不過，我收到明信片說他們兄弟現在在另一家紡織公司上班，債務也大致還清了。」

「誰寄的？」

「哥哥。年紀大概跟小卷的哥哥差不多吧。那時候他有兩個孩子，現在已經是四個孩子的父親了……上面還寫，倒閉之後的那兩年，接二連三的事讓他一直覺得，啊啊，地獄大概就是這樣吧。無論再小的公司，倒閉都是很嚴重的一件事。也許地獄這個形容是最貼切的。」

小卷不再仰泳，雙腳在海底著地，在仍仰飄的留美子身旁站起來，說：

「嗯，是地獄沒錯。我一直生病，我爸的公司倒閉的時候，我也是這麼想的。什麼希望都沒有，被討債的人罵得狗血淋頭只能一直道歉……我很佩服我爸爸，竟然沒有被打垮……」

「小卷很強啊。雖然乍看起來好像很膽小，但內心其實很堅強。」

留美子這麼說，也雙腳在海地著地站起來。

剛才不知開車到哪裡去的阿孝開車回來了。在小屋那裡停好車，看得到他手電筒的燈光繞到小屋後側。

「小卷，那個跟你說『無論是生是死都儘管放心』的聲音，你現在還想得起來嗎？」

留美子問小卷。

「嗯，想得起來啊。栩栩如生就在我耳邊。」小卷回答。「只要我想聽，隨時都會在我耳裡響起。」

「我也想聽聽那個聲音。這樣，也許我也能更努力向前。」

然而，留美子認為，除非實際置於生死一線的狀況下，面對自己的生與死，不斷在恐懼與一縷希望中煎熬，否則恐怕聽不到那個聲音。

手電筒的燈光從小屋那裡慢慢靠近。那個名叫阿孝的青年對她們說，他把塑膠桶、水管和澆水花灑組合起來，做了一個可以淋浴的裝置，等一下要沖水的時候叫他一聲，說完就回去釣魚了。

留美子和小卷再次為了取暖來到空心磚火爐旁。放進炭火裡的幾根漂流木還沒著火，只朝著天空不斷地冒著白煙，但在安全帽青年以團扇强力搧風之下，燃起了火焰。

「看起來像乾了，但其實只有表面乾而已，裡面跟生木沒兩樣。」

安全帽青年說。又說，在炭火炙烤之下，漂流木的芯的濕度也會漸漸減低，所以要耐心等到著火，在關鍵時刻瞬間把空氣搧進去。

留美子和小卷後來又在海邊和爐火之間來來去去玩了幾趟。

幾位青年說，他們打算等留美子她們回小屋樓上睡了，再到一樓的木板房睡。

「三點之前我們都會在這裡。」惠一說，舉起一條三十公分長的鰈魚，笑著遞給短褲青年，說這是給你老婆的禮物。

短褲青年二十歲時便與小他兩歲的女孩結婚，有兩個女兒。去年，終於考取推土機執照，也加薪了，便決定要生第三個，但都半年了卻沒有半點消息。

「很奇怪，怕有小孩養不起的時候一連生了兩個，想生第三個的時候卻生不出來……連我兩個女兒都在催，弟弟怎麼還不來。才五歲和六歲吔。她們兩個一定已經知道孩子是怎麼生的了。」

短褲青年說。又說，他妻子的哥哥是唐氏症，二十八歲了，今年春天得了流感差點一命嗚呼。

「唐氏症的孩子天生身體就比較差……可是很可愛喔。會讓人覺得天底下怎麼會有心靈這麼純淨的人，被會他融化呢。因為他們的心一直都是兩、三歲。

一個兩、三歲的孩子，不會欺負人，不會騙人，也不會故意為難別人。所謂的天真無邪嘛，他都二十八歲了，還像兩、三歲那樣天真無邪呢。上次他得流感併發肺炎，醫生說最好做好心理準備的時候，我在醫院放聲大哭。拜託你不要死。那時候真的會想，我只求你活著。」

「可是，等父母年紀大了，死了，就麻煩了啊。」

安全帽青年說。

「有我在啊。」

短褲青年笑著說，提起一個留美子也知道的年輕偶像藝人的名字。

「每次在電視上看到這個女生，他的臉就會漲紅，一直盯著看。她是我二十八歲的大舅子的初戀。」

所以他到處找那個偶像藝人的照片，搜集了很多雜誌，但全都是暴露的泳裝照，夫妻倆為了該不該給哥哥看意見分歧。

「我老婆是說，電視上穿那種泳裝的女生多得數不清，沒差，可是我覺得會讓他淡淡的初戀破滅，我們夫婦上次還為了這個大吵一架。」

留美子覺得自己和小卷差不多該進小屋了。不知道是不是忙碌工作的疲累在月下的海灘玩耍中釋放出來，身體突然覺得好沉。

她們一說想把身上的海水沖一沖，叫阿孝的青年便跟著她們一起回到小屋，帶她們到一個用零碎木板拼湊圍起來的地方。裡面裝了臨時做出來的淋浴裝置。

用塑膠桶裡的水把水桶裡的滾水降溫，再把水倒進另一個連著水管的塑膠桶，熱水就會沿著水管從澆水花灑裡流出來。

趁阿孝開車去載熱水，留美子從包包裡取出替換衣物，拿著自己的浴巾，和小卷一起在那裡等。

留美子讓小卷先洗，把滾水和冷水混合到適溫，倒進塑膠桶，說：「好了嗎？要開始了喔。」

然後把水提起來。可是這對留美子來說太重了，無法提到腰部以上。

「沒有男生的力氣，實在沒辦法。」

留美子對木板裡一絲不掛的小卷說。

「那去找阿孝好了。他是大力王。」

聽了小卷的話，留美子回到海邊，向正在裝釣餌的阿孝說明了原因。

「我絶對不會偷看。」

說完，阿孝回到小屋，背對著木板，把裝有熱水的塑膠桶舉到頭頂。

聽到熱水從澆花器流下來的聲音。

「啊啊，好舒服。雖然水有點燙，不過這樣正好。」

小卷的聲音從裡面傳出來。

小卷從裡面出來，擦乾身體的時候，阿孝混合冷水和熱水，換留美子進去脱掉泳衣。

「好了？」

阿孝問。

「嗯，好了。」

「那要開始囉。」

花灑流出的熱水好舒服，留美子洗了頭，把身上的鹽分沖乾淨之後，還是繼續沖熱水。在這一旦離開就不知道花灑在哪裡的漆黑之中全裸沖著澡，體內明顯產生了一股隱隱作痛的情欲，留美子閉上眼睛，仰起了頭。

腦海中浮現了俊國的臉。可是不是現在的俊國，不知為何，竟是十年前還是高中生的俊國。

花灑的熱水變小了，留美子向阿孝道了謝，摸索著抓起浴巾，擦乾頭髮和身體，穿上內衣和衣服。

「這裡沒有吹風機，不過到火堆那裡頭髮應該很快就會乾了。」

阿孝邊說邊走回釣魚的地方，留美子又道了一次謝，打開手電筒，小卷就站在面前。

留美子小小尖叫一聲。

「你一直在這裡？明明不到一公尺，我卻完全沒發現。」

說完笑了。

結果，「我們來約。我在七十歲之前絕對不會死。」小卷說。「如果我是個短命的人，應該早就已經死了……我是個創造奇蹟的人，我給自己的評價卻太低了。」

小卷氣鼓鼓地望著留美子，說她發現，人活著，必須把人生的格局放得更大。

「給努力活下來的自己太低的評價，等於是輕視讓我活下來的冥冥之力。

我要活下去。才不要小裡小氣想什麼七十歲。八十歲……我要活到八十五歲。」

留美子拿毛巾幫小卷擦了還掛著水珠的脖子，推著她的背進了小屋。

調亮小煤油燈的燈光後，「老朽」兩字早已遠遠不足以形容的挑高小屋內部亮得幾乎刺眼。

留美子邊爬梯子上二樓，邊試著把小卷那句「必須把人生的格局放得更大」套用在自己身上。

自己是個極其平凡的女人，沒有什麼特出之處。既沒有出人頭地的志願，也沒有遠大的目標。對天下國家之類的問題，也會主動保持距離。這樣的我，如果要「把人生的格局放得更大」，難道不是應該要改變自己的內心嗎……

例如，儘管只是偶爾，但一想到過去犯下的愚蠢過錯便陷入自我厭惡這種事，今晚必須是最後一次。

我，是知道那個人決定和妻子分手並開始分居，才開始和他談戀愛的。絕非世上所說的「外遇」。那個人，一開始應該也不是存心想欺騙冰見留美子這個女人。

可是，他和妻子之間有了孩子，回頭和妻子展開了新生活。

我沒有錯。然而，愛上那樣一個人，相信與他們之間有將來，也不是任何人的錯。是我自己做了這樣的選擇。俗話說，「男人和天上的星星一樣多」，但是我從那多如繁星的男人之中，選擇了他，而最後以苦果收場。談了這樣的戀愛的，不是別人，是我自己……

留美子側坐在敞開的木板窗前，朝青年們所在之處、漂流木仍熊熊燃燒的營火望。

當我以自認為淒慘無比的方式結束了與那段感情之後，是不是把人生的格局縮得太小了……

然而，「放大人生的格局」具體而言該怎麼做才好？對身為女人的我而言，何謂「大格局的人生」……？

留美子望著遠處的營火，用新毛巾擦著頭髮。

「待在那堆營火旁，頭髮會乾得很透。」

小卷說。

「要是頭髮沒有乾透就睡，會感冒喔。」

小卷約留美子到營火旁去烤火，但留美子想待在這裡看月亮和營火。在這個號稱小屋二樓實際上卻是個窄窄的架子上，如果移動時不輕手輕腳，地板隨時可能會掉落的。

而且，自己和小卷要是又回到他們釣魚的地方，反而會害他們要多費心關照。

「等等就會乾的。我總覺得身體使不出力氣。我想，一定是在海裡練習仰飄的時候，其實耗掉了很多體力。」

留美子說。

「很可能，叫身體放鬆比叫身體用力難得多了。」

小卷說，然後在墊被上躺下。

「有名人之稱的雕刻家……」

說到這裡，小卷先解釋這是《徒然草》的一段，「鈍刀始能精雕細琢。妙觀不使利刃。」慢慢地朗讀般低聲說，「佛像師、能面師和人偶師，在雕刻琢磨的時候，會刻意避開磨得極其鋒利的刀……選擇使用略鈍的刀……」

留美子不明白小卷想說什麼，自己也在墊被上躺下來，望著小卷的眼睛。

「所謂的精雕細琢，可以運用到很多範疇。像是音樂、文學、舞蹈、茶藝、花道……」

「剉冰也一樣，在有點融化的時候才好吃。」

留美子這樣回答，但覺得自己好像答得牛頭不對馬嘴，翻個身，躺著看營火。

就這樣看著看著睡著了。

忽然醒過來，在枕邊摸著手表想看時間，這才發現自己身上蓋著被子，小卷在旁邊鼻息細細地睡著，煤油燈的燈光變小了，隱約可見在下面睡大通鋪的青年們。

木板窗關上了。

「我媽大概只剩半年吧……」

有人壓低聲音說。

「這種事沒人說得準啊。也許會像小卷那樣發生奇蹟啊。」

這個聲音是安全帽青年。

「才五十二吔。我媽生病的事，我們瞞著我妹。全家就只有我妹不知道……她才高一啊。」

留美子放棄看時間了。因為煤油燈的燈光照不到她枕邊。

第二天早上，用麵包和牛奶解決了早餐，青年們便回去工作了。只有惠一請假到中午，本來是可以開大卡車送留美子和小卷回小樽的，但工地的同事託他到厚田港買口蝦蛄，所以一確認小屋門窗都關好，便催著她們趕快上車，前往港口。

「那邊就是港口了。」

惠一指的地方上空有幾隻老鷹在盤旋。

比昨天更藍的天空與海連成一片，厚田村小小的民宅顯得更小了。

他們在寫有「厚田港」的標示的地方轉彎駛向海邊，但沒有可停大卡車的地方，惠一怕會妨礙來買口蝦蛄的車輛通行，便倒車把大卡車停在國道旁，叫小卷坐在車上。

「這邊常有警車經過。要是他們說違停，你就跟他們說開車的人馬上就回來。」

「嗯，我會用最可愛的樣子幫你求警察伯伯的。」

小卷這麼說，然後建議留美子去看口蝦蛄的攤販。

「這裡雖然是個小港口，可是攤販超多的。每一家都是賣口蝦蛄的，沒有一家賣別的。」

留美子想看看曾經因鯡魚而繁榮一時的厚田港，便小跑著跟在惠一身後，走向通往港口的路。

為衆數多的口蝦蛄攤販和前來購買的人們填滿了半個港口，人多得令人懷疑這麼多人到底是從哪裡冒出來的。一道長長的防波堤從港口向海裡延伸，許多釣客坐在上面。

釣客想釣的好像是一種留美子不認得的小魚，即使釣上了大魚，從魚勾上拆下來也不放回海裡，卻往防波堤後的水泥路扔。

留美子覺得這些大魚應該更有價值才對，便問一個把魚往後扔的中年男子那是什麼魚。

「珠星三塊魚。」

男子說，又說，不放回海裡，是為了給老鷹吃。

「丟過去老鷹就會來抓啊，所以是餵老鷹的。」

每當釣客將珠星三塊魚往後面的路扔，老鷹都會從上空靠近，但都停在防波堤或電線桿上，並沒有立刻去抓魚。幾條魚在水泥路上彈跳，後來也就漸漸不動了。

老鷹到底在提防些什麼？留美子很好奇，便站在堤防上，看著這些愈來愈多的敏捷大鳥。

陽光很快便讓不再動彈的珠星三塊魚失去光澤。

「為什麼老鷹不馬上去抓新鮮的魚呢？」

留美問一個一次釣到五條小魚的男子。

「我也不知道……你問問老鷹啊。」

男子露出一抹笑容說。

這當中，有一隻老鷹飛過來，但只是在距離魚的上空五公尺左右處匆匆盤旋，立刻便回到港口建築的屋頂上。

留美子朝堤防後的人潮凝目細看，尋找惠一的身影。大概是惠一要的口蝦蛄數量很多吧，只見保麗龍箱子被送到惠一面前，裡面堆滿了彷彿還有生命般的生口蝦蛄和冰塊。

無數的老鷹。北方的大海。販賣口蝦蛄的男男女女。釣客。被扔到水泥路上的珠星三塊魚。藍得太藍的天空……這一些都化為一體，讓留美子挺起胸膛，抬起頭。

我復活了……

留美子明確地感覺到。我以為我並沒有因那場戀愛消沉，但其實並非如此。

後悔。對失去的時間的惋惜。對愚蠢的自己的厭惡。對他的憎恨……

這一切，都化為無法自覺的餘熱，在我體內不斷形成令人不快的煙瘴。可是，現在這些都消失了。完全消失了。我什麼都沒有失去……

留美子小聲說：「走著瞧！」

這「走著瞧」到底是針對什麼，她不知道。為什麼自己嘴裡會吐出「走著瞧」這兩個字，她也不知道。

然後，在一再重複小聲說著「走著瞧」之中，十年前的俊國的模樣再度站立在留美子的心中。

惠一在防波堤上向留美子揮手。

此時，老鷹們一齊展開行動。為爭奪獵物，在上空互相威嚇，揮翅聲猶如狂風四起，伸出爪子朝水泥路俯衝而下，抓住所有的魚又重回上空。

為獵取獵物的蟄伏……

這幾個字靜靜地在留美子心中浮現。

十年的蟄伏……

如果十年前的那個少年，在寫了信十年後的今年，將信中的內容付諸實行，我一定無法逃過這漫長的蟄伏……留美子這麼想，奔向惠一所在的人群。

第八章

自札幌高爾夫之旅回到東京後，上原桂二郎多少有些任性地變更自己當天的時程，每週都到新橋的酒吧「新川」光顧兩次。

桂二郎大多是傍晚五點去，五點半就結帳離開，若公司還有工作要做便直接回公司，若有應酬便前去赴會。

到了八月，包括最先去的那次也算在內正好第十次的那一天，他把小松聖司的繼任——剛調到祕書室的雨田洋一叫到社長室。

「等一下我要去新橋，你也一起來。」

桂二郎這麼說。

他並沒有將自己為何要去「新川」的原因告訴小松聖司。小松在交接工作給雨田洋一時，也單單不提「新川」這件事。

「我時不時會到一家叫『新川』的酒吧喝一杯黑啤酒。也不知道為什麼，我就是喜歡在那裡獨享黑啤酒的那段時間。」

聽桂二郎這麼說，雨田洋一問：「我也可以作陪嗎？」

「不了，我想一個人進去，你在車裡等我。地點杉本先生很清楚。」

桂二郎又對準備聯絡司機杉本的雨田說：「我去新橋『新川』酒吧的事要

保密喔。」

接著說明原因：「那裡有五位常客是我們公司的同仁。我不知道這五個人是哪五個，但要是他們知道社長會去就不去了，那對店家就不好意思了。」

雨田表示絕對不會洩露，便快步準備離開社長室。

雨田洋一個子算是矮的，但肩膀很寬，胸膛也很厚，女職員都叫他「小戰車」。他的身軀的確是台小戰車，但走路速度卻很快。而且似乎並非只有工作的時候會小快步行進，和同事去吃午飯的時候，去喝酒的時候，率先過馬路的都是雨田洋一，桂二郎也是最近才知道，有些人覺得和他在一起會搞得疲憊不堪，因而不願意和他一起行動。

「真的很快啊。」桂二郎露出笑容對雨田說。

「是？什麼很快？」

雨田額上冒著汗問。

「你走路啊。」

「噢，很快嗎？」

「很快啊。才聽到你的聲音，你人就已經走得老遠了。」

「是……我以後會注意走慢一點。」

「不了，倒是不用這樣。動作敏捷輕快是好事。」

雨田洋一以前是叫作「龍造」。有一次，桂二郎聽他本人說起這個名字是直接承襲自祖父。為什麼要改名為「洋一」，據說雨田連對好友都不願提起。

由於戶籍上的名字是龍造，因此進公司時所印製的名片便是「雨田龍造」，但研修期間他向上司提出要求，極力懇請今後不要使用本名龍造。

上司以公司沒有前例為由拒絕，他便以直陳的形式直接向桂二郎請願，桂二郎看出雨田龍造這個青年有一顆鋼鐵般的心而允准。

但桂二郎並沒有詢問雨田為何不要祖父的名字而改用他自己取名的洋一。

一定是有什麼重大緣由吧……

因為他認為，龍造也好，洋一也好，這對公司而言不成問題。

桂二郎在「新川」從來沒有遇見過老闆新川秀道以外的人。只有一次臨走時，在入口處與一個看似常客的人擦肩而過。

桂二郎小心避免與上原工業的員工照面，但他最想避免的是在這裡撞見新川綠。

「就是一杯黑啤酒和一根雪茄的時間。」一下車，桂二郎便對雨田這麼說。

「現在是四點四十五分，我會在五點十五分到二十分左右出來。」

桂二郎想到今天雪茄盒裡裝的是Cohiba的Robustos，認為待會回到車上時，雪茄應該還沒抽完。

打開「新川」的門時，桂二郎都盡可能悄悄地轉動門把，不讓在吧檯裡擦杯子的新川秀道發現。

這是為了萬一自己公司的員工在，或是新川綠在，可以趁對方還沒看到自己便迅速關門回到車上。

「歡迎光臨。今天好熱啊。」

新川秀道擦著杯子對桂二郎報以笑容。

正如小松聖司所說，新川秀道像極了漫畫《蠑螺小姐》裡的「波平先生」，他的整個容貌展現了個性中的某中輕鬆詼諧與善良溫暖，但隔著吧檯說上幾句無關緊要的閒話，幾次下來，桂二郎從新川秀道的某些剎那間閃現的眼神，感覺出從事酒保這行多年的人的「鋒利」。那也許可以說是「看人的眼力」。

對「新川」而言，某日上門的上原桂二郎應該是個獨樹一格的客人。

總是穿西裝打領帶，早的時候四點半就來，差不多快有客人上門的五點半前一定會走……在店裡就只喝一杯英國黑啤酒，與雪茄一起品嘗，抽完雪茄便結帳。

「真好喝。」

只會說上這句話，也沒有要和酒保攀談的樣子。

但是，新川秀道也從不向桂二郎詢問姓名、職業、為何會在這個時間來訪，只會以柔和的眼神說：「明天好像會下雨呢。」或是，「這款雪茄，以前經常光顧的證券公司老闆也很喜歡。」

桂二郎喝了一口黑啤酒。點著Cohiba的Robustos，問老闆能不能播Lady Jane。

新川秀道說：「好的。」

在店裡放了桂二郎點播的老爵士樂，問：「今天是不同的雪茄呢。這款雪茄叫什麼名字？」

桂二郎說了，又說最近不太喜歡味道和香氣太獨特的，所以都抽這款Cohiba的Robustos，然後從雪茄盒裡又取出一根，勸道：「若不排斥，要不要試試看？」

新川說他戒菸五年了。

「戒菸前一天要抽上八十根。雪茄只聞過客人抽，自己倒是沒抽過。不過，這款香氣真是迷人。聞起來像高級咖啡加一點甜甜的可可……也有些許蜂蜜的香氣。」

「才聞過一次味道，就能有這麼多體會，不愧是『新川』的老闆啊。」

桂二郎說，給雪茄剪了口。

「是不是不該勸一個好不容易戒了五年菸的人抽啊……」

桂二郎真心這麼想，正要把遞出的雪茄收回來時，

「那麼，就以今天這杯黑啤酒作為交換。雖然我想雪茄的價錢肯定比這杯黑啤酒要高得多。」

說完，新川接過 Cohiba 的 Robustos，拿在鼻子前聞了聞香氣。

「我們這裡其實也提供雪茄。不過，雪茄保濕盒裡就只有兩款：Davidoff 的 1000 和 Upmann 的 Petit Corona。」

這純粹是為了想嚐試雪茄的客人而準備的，喜歡雪茄的人會自備喜愛的品

牌——新川這麼說，然後以靈巧細緻的手法點了菸，第一口在嘴裡打轉。

「看你點菸的方式，非常熟練啊。」

聽桂二郎這麼說，「酒保這一行我好歹也是幹了將近五十年啊。」新川微笑著說。「味道輕柔，真好抽。這款的話我也可能會上癮。」

「做這一行將近五十年啊……請問貴庚？」

話一出口，桂二郎就覺得好像犯了什麼大忌而後悔。至今他推開「新川」的門之前，都會先告誡自己不可以問私人問題。

「我十六歲的時候，謊稱十八歲，去橫濱一家酒吧應徵。那裡的老闆是在英國人的俱樂部的酒吧裡學藝的。戰時，被徵召上菲律賓戰線時得了瘧疾。最後也因為這場病，在我二十歲時過世了。他是一位堪稱大師的酒保，雪茄方面的知識也很豐富。這位老闆走了之後，我便換到這家酒吧來。當時還不叫『新川』，老闆也另有其人。」

當時的老闆想頂讓店面，便與亡妻一起更名為「新川」，稍微改了裝潢，開了店……

新川這樣解釋。

「從十六歲就當酒保。其他的事什——麼都不懂。我就是喜歡酒吧這個地方。從小就很喜歡。」

聽他這麼說，桂二郎笑了，問起原因。

「我父親，用當時的話來說，是個『趕時髦的人』，常上開給外國人的酒吧。有時候，我母親會拜託我『去把你爸爸帶回來』。我父親酒量很差。他喜歡的是酒吧這個地方。而我似乎是原封不動地遺傳了這方面的血統……」

新川說，自己遺傳自父親的，不止是對酒吧的氣氛毫無招架之力這一點，還有不能喝酒的體質。

「啤酒只能半杯。威士忌的話，一份的十分之一。這就是我的極限了。可是，後來我覺得這樣反而更好。我想也許是多虧如此，我才得以正確品評自己所調的雞尾酒的味道……年輕的時候，總覺得不會喝酒怎麼配當一個酒保，為了養成能喝酒的身體而白費力氣，常常醉得不省人事，或是宿醉兩、三天，生不如死的滋味嘗過不下幾十回。可是，體質並不是稍加訓練就會變的。現在我還是一樣，啤酒只能半杯，日本酒只能一小杯。」

新川秀道是頭一次向他說這麼多話，桂二郎不經意地看著手表，漸漸地被所謂「如坐針氈」的焦躁不安包圍。

要是上原工業的員工來了，他還有辦法應付，但若是新川秀道的女兒走進店裡，自己的身分就會曝光。

桂二郎自己每次來到「新川」，都會發揮眼力，從老闆新川秀道的容貌、表情、聲音、動作等等，努力尋找他與女兒綠之間細微的相似之處。

桂二郎把剩下約三分之一的黑啤酒喝完，手指夾著還沒抽完的雪茄，

「那麼，請結帳。」說完從椅子上站起來。

「您趕時間嗎？」新川問。

這也很難得。桂二郎之前只待了十五分鐘就離開的時候，他也只是以一如往常的表情在小紙條上寫了金額遞過來而已。

「是啊，說忙倒也挺忙的。今天就兩件雜事要處理。對我來說，來這裡，喝上一杯黑啤酒，抽根雪茄，用相撲來形容的話，就是『仕切直』（重新擺好架勢）。有時候重拾平靜，重振精神，是一段非常優質的『仕切直』的時間。」桂二郎說。

「那些雜事無論如何都必須今天處理嗎？」

新川邊排列所有擦好的玻璃杯邊問。

然後說：「其實，今天我們沒有營業。」

「這我倒是不知道。推了門門開著，老闆也像平常一樣在擦杯子，所以……」

桂二郎將訝異藏在心裡這麼說。

「廁所故障了，昨天水箱的水停不下來，水漫到地板上。就好像只有我們店裡下大雨淹水了似的。一直到剛才，我都忙著修理廁所和打掃地板。廁所經過緊急處置，水總算是止住了，但我想也該是換新的時候了，便請業者今晚來換。所以今天臨時公休。」

新川面帶笑著邊說邊在一塊小板子上以麥克筆寫下「敬告來賓：因店內裝修，本日臨時公休」，拿著板子走出吧檯，掛在入口的門把上。

「偶爾也請多坐一會兒。」

從新川的語氣中，桂二郎感覺到明確的暗示。

搞半天，原來早就被認出來了啊……

心裡這麼想，嘴上卻絕口不提，桂二郎從西裝的內口袋裡取出手機，打給雨田。

「村山先生七點會到公司，幫我轉告他說我知道了。」

「好的。只要這樣轉告就好是嗎。」

雨田這麼說，又問：「宇田先生的派對呢？」

桂二郎之前對雨田說過，那場派對想去再去，看心情。

「你幫我包個紅包送去。那場派對是為了慶祝他自費出版了一本不怎麼高明的詩集。我要在這裡再喝一陣子。我會叫計程車回去，車子就給你坐吧。」

「紅包要包多少呢？」

「三萬吧。不，五萬好了。『金錢就是誠意』是那位老先生不動如山的信念。」

桂二郎笑著說，掛了電話。

「我最近也變得不太會喝了。」對新川秀道說。「應該是說，變得不太想喝了。也不是特別在意健康，只是喝過頭就睡不好。有一天突然就這樣了。」

新川報以微笑，說這是他入行以來頭一次攔住準備離去的客人。

剛才說是有一天突然變得不太想喝酒，但桂二郎想著好像又不太對，覺得Cohiba的Robustos味道出現深度了，便吸了一口進肺裡。他絕少這麼做。

桂二郎心想，醉過頭會睡不好，是妻子往生以後才開始的，同時又點了一杯黑啤酒。

「要不要改成Half and Half呢？」新川建議。「這樣口感更清爽，也不會有黑啤酒那種獨特的、黏膩的醉意。」

「那麼，就來一杯。」

桂二郎點了酒，於是新川雙手一左一右各拿起黑啤酒和一般啤酒，同時倒入玻璃杯裡，說：「我沒料到上原桂二郎先生竟然這麼快便大駕光臨。」

「你怎麼知道我是上原的呢？」

「這個，怎麼知道的呢……您頭一次打開那扇門，走進店裡來的那一瞬間，我心裡就想：『啊，來了！』」

桂二郎微微一笑。

「幸好不是，啊，有鬼！不然就像見鬼了。」

說完，喝了Half and Half。

「要女兒把內人年輕時借了沒還的錢送過去，是因為她臨終前這麼交代。」

「我也向令千金說過了，那筆錢不是借的。是尊夫人一直誤會了。都是因為把錢交給她的時候，我沒有向她好好說清楚。一想到這麼多年來，尊夫人心裡一直掛念著這筆錢的事，我實在過意不去，無法不自責。」

「內人是在去世前兩、三個月提起那筆錢的。她說，是為了買下這家店時向一位名叫上原桂二郎的先生借的。她答應一定會還，但上原先生不是那種會主動來要求還錢的人。儘管心裡一直念著非還不可、非還不可，但好不容易準備好足夠的錢了，偏偏那時候就會發生急需用錢的事情。像是有價格實惠的房子出售，實在很想要那房子和那片土地，於是就挪用了那筆錢；接著是女兒需要教育費……再下一次，店面實在太過老舊，非改裝整修不可……」

新川秀道說，吐了一口煙。

「真不知她怎麼會誤會的……那明明是她完成艱鉅工作的正當報酬啊。」

桂二郎邊這麼說，邊想必須讓那筆錢的話題就此打住。否則，他很可能會對想暗示什麼般提起自己女兒的新川秀道說出什麼不該說的話。

與此同時，也怕自己會問起不該問的問題……

「那筆錢的事，就請您別放在心上了。」

桂二郎再次强調，然後問起為何新川秀道一眼就認出自己是上原桂二郎。

「內人過世之前，曾對我提過一點上原先生的事。真的只有一點點。但是，光是這一點，我心中便對上原桂二郎這個人有了一個模糊的整體形象。……我很吃驚。因為我心中那個模糊的人物，竟然以完全相同的樣貌走進了店裡。」

新川秀道說，自己心中的上原桂二郎，與女兒綠實際見過上原桂二郎先生之後的印象，有相當大的出入。然而，在第一眼看到的瞬間，自己就認為是上原桂二郎先生來了，絕對沒錯。

「我把錢交給了女兒，對她說，這筆錢隨你怎麼用。女兒眼睛睜得好大，高興極了。」

桂二郎心想，啊啊，還是不能不談綠這個女孩啊。是新川秀道引導他讓他不得不談……他有這種感覺。

「令千金已經動用那筆錢了嗎？」桂二郎問。

「沒有，好像還分毫未動。我猜大概會直接存起來吧。」

然後新川說女兒綠畢業於英國大學的建築系。

「儘管是自己的孩子，我實在很佩服她的努力。在過程中，她得了思鄉病，因為語言障礙搞得精神衰弱，因為壓力太大生病，被英國的指導教授百般刁難……即使如此，她還是光榮畢業回來了。比她父母優秀好幾百倍。」

「到歐美大學留學的日本人很多，但能真正拿到學位回來的，並沒有那麼多。在歐美，大學輟學不算什麼。可見畢業有多麼困難。而令千金念的又是建築這個專業學科，她的努力連我這個門外漢也能想像。想必是因為有一雙傑出的父母吧。」

「哪裡，不敢當。那孩子的父母，是新橋一家小小純酒吧的老闆娘和酒保。雖然是微不足道的小生意，但內人和我卻也沒有別的謀生能力。所以，我和內人最看重的，是如何活得誠實正直……」

決定要當這樣的人，或以此信念為本都很簡單，但要終生實踐卻難上加難……新川這麼說。

然後，他以若有所思的神情注視著擦拭得光潔晶亮的矮酒杯片刻，忽然對桂二郎露出可視為「羞赧」亦可視為「稚氣未脫」的笑容。深深的笑紋，使得新川的臉頓時顯得宛如幼兒。
「我很尊敬死去的內人。」新川說。
「尊敬，是嗎……」
桂二郎也連帶露出笑容，但又怕自己的笑會被當作揶揄，連忙恢復嚴肅的面孔。
「是，她很了不起。她的大器，終究不是我這樣的人可以相提並論的。」這樣說完，新川又望著自己精心擦拭的酒杯，津津有味地抽了雪茄。
「最初認識她的時候，她對自己沒有自信，總是在害怕些什麼，膽子又小，是個平凡的女人，認真是她唯一的優點，但隨著歲月的洗禮，也隨著養育我們的獨生女，她漸漸成為一個大方莊重的女性。」
新川又望著酒杯的光澤，彷彿字斟句酌般，眼睛望著雪茄的菸，
「她是個不會說謊的人。」他說。「雖然有所謂善意的謊言，但我老婆卻老實到讓我想對她說『不能把實話說到那個地步』。為了要求自己正直，她對自己……該怎麼說呢……苦役，對，有一段時間，她一定是罰自己做苦役。我的妻子一直到死，就只害怕一件事。」

桂二郎心想，那件事一定與一個名叫上原桂二郎的男子之間生下的女兒有關，等著新川秀道接著說下去，連雪茄的菸灰掉落在吧檯上都沒發現。這幾天，桂二郎已經把新川緣是自己的孩子這件事當成無庸置疑的事實了。

「內人的父親和哥哥，似乎是離經叛道的人。她哥哥在她買下這家店三年後死了。這樣說一個人的死實在缺德，但那男人死了，我和內人都打從心底鬆了一口氣。他要是還活著，這家店也好，我們夫婦也好，天曉得會是什麼情形……」

說到這裡，新川小心翼翼地掐住桂二郎掉在吧檯上的雪茄菸灰，丟進菸灰缸裡。

「內人一直到死都很害怕。」

新川又重複了一次。

「怕什麼？」桂二郎問。

「她怕自己體內和繼父、繼兄同質的劣根性遲早有一天會發作。她與那兩人並沒有血緣關係，卻對『物以類聚』這件事深信不疑。」

新川說，所以每當對什麼事情勃然大怒、陷入無法控制自己情緒的精神狀態時，妻子就會到附近一家精神科診所看醫生。

「那位精神科醫生在我們開這家店的時候，也同樣在新橋開了診所。幾乎可以說是我們店裡的第一位常客……年紀比我大了十歲，現在已經退休，在信州的安曇野享受田園之樂。」新川說。

「他總是傾聽我妻子的不安，安撫她。從開設診所以來，到他以高齡退休的這段期間，一直都是……」

當然，自己妻子的精神狀況並沒有問題，當然也就沒有與繼父、繼兄同樣的劣根性發作的事。那位醫生也不斷告訴她，用不著擔這種心……

「找那位醫生諮商，往往就能消除內人心中的害怕和不安。內人和我向來誠實、正直，再小的壞事都沒有盤算過，不妒嫉、不羨慕、不悲嘆自己的不幸，我們能夠將此奉為人生的第一要義，我想，都應該要歸功於妻子的繼父和繼兄。」

新川把變短的雪茄放在菸灰缸上。然後說：「而這樣的妻子，卻對自己的女兒說了唯一一個謊。」

是什麼樣的謊……？在新川自己說出來之前，打死也不能問……桂二郎這麼想。然而，桂二郎心中早已做好準備，若新川揭露事實真相，他會對綠這個女孩負起所有的責任。

「內人走了之後，這家店就失去了生氣。」新川說。

「與客人之間的來往，本來，在我們這種酒吧裡就算是禁忌。只要客人不自己主動提起，無論是工作方面也好，當然，私生活方面更是碰不得，但內人卻知道熟客的一切。不知不覺間，客人便會把自己赤裸裸地呈現出來，在公司不敢說的煩惱啦，在家裡絕口不提的種種事情，都會告訴『新川的老闆娘』。我們『新川』，是老闆娘的店。我是老闆娘的丈夫，是酒保，但店的靈魂是老闆娘。客人全都是老闆娘的客人。既然這位老闆娘不在了，『新川』這家酒吧也就等於不存在了……我是這麼想的，所以等內人一死，這家『新川』也一起歇業……我本來決定應該這麼做的，但幾乎每一位客人都說，老闆要是關掉『新川』，我會恨老闆一輩子，於是在煩惱許之後，我決定獨自一人把店繼續開下去。」

「令千金說會抽空來店裡幫忙。記得我見到她的時候，她說過這樣的話……」

聽桂二郎這麼說，新川搖搖頭。

「女兒也對我說，她會儘量來幫忙，要我把『新川』繼續開下去，但我完全沒有讓她來的打算。」

他說。

「我不希望自己的女兒到男人喝酒的地方幫忙。女兒有女兒的工作。她不是為了在純酒吧招呼客人才去英國吃苦的。女兒自己辛辛苦苦學到的東西，應該要運用在自己的工作領域上。這裡只要有一個酒保就夠了……無論女兒怎麼說，我都不會讓她來店裡幫忙的。」

新川的語氣雖然平靜，話中卻有著毫不妥協的堅決。

「結果，淨是說些與上原先生無關的私事。哎，真抱歉。不知是不是很久沒抽菸，神經太舒適就放鬆了……」

店內小窗看出去的天空泛紅，店內其實還不必開燈，但新川打開了幾個開關裡的其中一個。吧檯上出現了一列七個圓圓的光圈。桂二郎已熄滅的短短雪茄便在其中一個當中。

新川這一開燈，令人感到他宣告自己的話到此為止，桂二郎不免感到意外。

當新川秀道在店門口掛上臨時公休的板子，然後談起自己死去的妻子時，桂二郎滿心以為他打算就女兒綠的事開誠布公地談談，但現在他明白了，原來新川想說的，僅僅是千鶴子畢生只對女兒綠說過一個謊這件事，於是望著小小光圈裡的自己的手。

雖知道必須說些什麼，卻說不出話來。

「您打高爾夫球吧？」

看了桂二郎的手，新川滿臉笑容地問。

打球時僅有左手戴手套，因而沒有曬黑，與右手相比白得出奇。

原來在北海道才打過一次高爾夫球，就讓手背和手臂曬得這麼黑啊——桂二郎心想。

「這個夏天，我也只打了那一天的球。而且是在北海道札幌郊外的高爾夫球場……天氣很好，天空藍得像用顏料畫上去似的。」

桂二郎比較著被燈光打亮的左右手的手背這麼說。

「北國的太陽很容易就會把人曬黑的。」新川說。

「有位朋友邀請我去打他人生最後一場高爾夫球。遇到好天氣，真的很幸運……」

桂二郎沒有指名道姓，卻想向新川秀道談論黃忠錦這個人。

他說了一個中國人的來歷，此人的為人，高爾夫球的球技，為何這是人生最後一場高爾夫球，說著說著，桂二郎領悟到，新川秀道這個人，絕不會不告訴綠事實便離開這個世界。

「前九洞第三洞的短洞那裡，我打出去的球向左彎飛到樹林裡去了。果嶺的右邊是池塘。打進樹林算出界，所以我為了重打把新的球放在球座上。沒想到，球竟然從樹林裡慢慢滾出來，滾下斜坡，上了果嶺。真不知道球在樹林裡打到了什麼樹……明明是失誤得離譜的一桿，結果我卻在長達一百九十七碼的短洞一桿上了果嶺。」

想起了當時黃忠錦捧腹大笑的樣子，桂二郎也苦笑。

「札幌郊外的哪一座高爾夫球場呢？」

此時新川問。然後，在桂二郎說出高爾夫球場的名字之前，猜中了那座高爾夫球場的名字。

「這樣您也猜得出來啊。我只說了前九洞第三洞是個頗長的短洞，左邊有一座樹林，右邊有池塘而已。」

桂二郎說，看了新川的手。

和右手相比，新川的左手膚色較白，白色與曬黑的部分界線分明，是打高爾夫球的人的特色。

「內人生前喜歡健行，而我則是與這附近的餐廳、居酒屋的老闆們兩個月來一場高爾夫球比賽。這是我唯一的娛樂。」

新川這麼說，解釋距他們店三間之遙的花店老闆來自札幌，哥哥在札幌從事建築業，是當地一家名門俱樂部的會員。

「所以每年一到夏天，我們都會到那座高爾夫球場比賽。已經持續了七年，但花店老闆的哥哥前年過世了，我們夏天的札幌高爾夫球賽也就中止了。」

我也非常喜歡那座球場——新川說。

「那個第三短洞，我從來沒有一桿上果嶺過。那個果嶺右前方的池塘裡，應該有六顆球是我的。」

「邀我去的那位先生說，明明是個一點也不搞怪、平平無奇又坡度和緩的球場，其實難度卻很高。我的高爾夫球很差勁，分不出球場的好壞，但那裡的山丘、樹林、水池分布得那麼美，又維護得非常好，要是被我這麼差勁的球手不小心在場裡挖出洞來，實在過意不去。」

這樣說完，桂二郎自知自己某個瞬間又露出了被許多員工視為「可怕」的那種獨特表情，同時心想，眼前的新川秀道恐怕是絕對不會說綠並非他的親生女兒了。

「綠小姐在她服務的建築設計事務所裡一定是王牌吧。畢竟她是英國大學畢業的高材生啊。」桂二郎改變了話題。

不料新川搖搖頭，說日本大學的建築系和綠畢業的英國大學的建築系系統不同。

「系統？」

「是啊，綠讀的建築系，學的是美術，不屬於設計建築的範圍。那是工學方面的……這方面女兒跟我解釋了好幾次，但我還是不太懂。」

「哦……建築的美術系啊……」

說歸說，但桂二郎也不清楚具體上那究竟是什麼樣的工作。

新川說了一個桂二郎也聽說過的摩天大樓。

「那裡的一樓要改成進口車的展示中心。綠現在就在現場工作。說工期已經延遲了，今晚要熬夜趕工。」

新川說。

「她每三十分鐘就會被施工的工頭罵。」

說著笑了。

「回到家，什麼話都沒說，洗了澡，往床上一倒就睡著了。問她吃過飯沒，說在工地吃過便當……早上就一杯咖啡一片吐司。中午晚上吃便當。大概都半夜兩、三點睡，早上不到七點就跳起來，喊著遲到了邊衝出去……讓人擔心她搞壞身體啊。」

「這樣，和男朋友鬧分手也是遲早的問題吧。」桂二郎笑著說，收起雪茄盒，取出錢包準備付帳。因為他想看看工作中的綠。

「男朋友……也不知道有沒有。如果有的話，應該多少感覺得出來，但綠身上卻完全沒有交了男朋友的蛛絲馬跡啊。」

新川苦笑，說今天算我的，把桂二郎放在吧檯上的錢推回去。

「您請的雪茄還比較貴呢。」

「那麼，我就恭敬不如從命了。」桂二郎說完站起來。

「往後也請把這裡當作工作的中繼站來坐坐。千萬不要客氣。」

新川說，從吧檯後走出來，幫桂二郎開了門。

「上原工業的先生們從來沒有在七點前光顧小店。」

新川這麼說，向走出店門的桂二郎行了又深又長的一禮。

桂二郎本想攔計程車，但後來決定步行到位於日比谷的那棟摩天大樓。好久沒有走在下班的人群中了。

這幾年，除了偶爾打高爾夫以外，沒有走過三十分鐘以上的路。尤其更沒有機會走在大都會的喧囂之中。即使與人相約，也是坐車到料亭或飯店大門口。所以，打高爾夫球走十八洞時，打到最後三洞小腿肚都一定會抽筋。

原來最近的女孩都露出肚臍走在大馬路上啊……與三名作類似打扮的三名年輕女孩錯身而過，桂二郎邊想邊難得回頭看。

「一個中年大叔，不該回頭觀察露肚臍的女孩子。」

桂二郎在內心對自己說，過了大馬路的十字路口，加快腳步。

來到綠所工作的那棟摩天大樓附近，桂二郎反而刻意繞路，過了車輛繁多的大馬路，隱身人群中，站在大樓的對面。

如此不景氣的時代，如此巨大的商辦大樓只怕招商不易——人們私下的不看好果真命中，亮著燈的窗戶屈指可數，但即將全新開幕的一樓進口車展示中心裡負責內外裝潢工程的工作人員為了趕上開幕時間，正忙著進進出出，有的搬運資材，有的指著設計圖大聲討論。

傍晚的大馬路車水馬龍，幾乎所有車輛都開了大燈，因此隔著寬闊的大馬路站在對面的桂二郎，看不清展示中心內部。

幾乎每一位工作人員都戴著安全帽，穿著工作服。桂二郎心想，綠恐怕也是和男人作一樣的打扮，便在其中尋找女性的身影。

一輛二噸卡車在展示中心前停下，有人說：「就算路上再怎麼塞，也來得太晚了吧。」

從那輛二噸卡車的駕駛座上下來的，正是綠。

只見她戴著安全帽，但身上穿著黃色T 袖和藍色長褲。長褲的大腿和小腿都有大口袋。

幾名工作人員從卡車的車斗上卸下了好幾片白色的板子。

一個中年男子在跑進展示中心的綠的安全帽上輕輕一敲。

「塞在車陣裡動不了，總不能用飛的啊。」

桂二郎不自覺地微笑著，喃喃這麼說。

「原來她會開二噸卡車啊……真了不起……」

自己有一個女兒，已經二十九歲了，以新川秀道與千鶴子的獨生女身分長大，自英國的大學畢業，目前在建築工地裡與男性一起工作。

雖說是建築工地，但由於是展示中心的內部裝潢，沒有推土機和怪手來來去去，但仍是粗獷的工匠世界。

「我的女兒……」

桂二郎說。這麼一來，他再也無法壓抑想更靠近看綠的衝動。這裡太遠了，又有無數車輛阻隔，連她在展示中心的哪個地方都看不見……

桂二郎在幾經猶豫之後，朝十字路口走去，等紅燈變綠。這段期間，他的視線也沒有片刻從展示中心離開。桂二郎在等紅綠燈時，綠兩度跑到卡車旁，將車斗上的紙箱搬進施工現場。

新川秀道知道綠真正的父親是誰。千鶴子老老實實告訴了他，他是在知情同意之後才和千鶴子結婚的……

桂二郎的這番推測，可說幾乎已成為確信。

千鶴子與秀道之間，曾立下什麼樣的約定嗎……千鶴子是基於什麼樣的考量，才將綠當作新川秀道的女兒來養育的呢……

這些都不在桂二郎的思考範圍內。

「她是我的女兒。」

桂二郎熱淚盈眶，瞬間陷入無以名狀的情緒中，緊閉著雙眼低下頭，只怕眼淚會在臉上滾落。

「大叔，快走啦。」

後面有人說。燈號已經變綠，大批人群開始過馬路了。

「啊，不好意思。」

桂二郎向站在自己身後一個看來才十八、九歲的青年道了歉，匆匆邁出腳步。

施工中的展示中心前，又停了一輛大型箱型車。載著依照指定形狀與尺寸裁切好的厚玻璃片。
「綠，別擋路。你不要碰玻璃。交給他們就行了。」
剛才敲綠安全帽的男子說。
「那，阿吉，那兩片要搬到這邊。」
綠的聲音響起。
桂二郎躲在箱型車後尋思有沒有不會被綠發現、自己又能把她看清楚的地方，發現在展示中心再過去一點的地方有郵筒，便匆匆走到那裡。站在郵筒後，看著綠站在應該是用來展示車子的台架那裡，對兩名搬來大片玻璃的男子下指令。汗水從綠的下巴不斷滴落。
「新川小姐，這裡的尺吋不太合欸。」
一個穿背心的男子大聲對綠手，在入口旁的牆那邊向她招手。
另一名男子從架在天花板的梯子上說：「小綠，我想這樣應該好了，你來看一下。」
同時，櫃檯後面也有人在叫綠。
「你們只會小綠小綠的叫，她又不會分身術。要叫等她有空了再叫。」

看似現場負責人的男子吼，又罵綠：「你也不要無頭蒼蠅似地東跑西跑東看西看的。好好專心，一次做一件事。」

要在這個職場工作真不輕鬆。這麼大熱天的，為了讓內部裝潢用的接著齊迅速乾燥，展示中心內打了好幾盞燈，光是站在裡頭恐怕就酷熱難耐了吧。在這樣一個地方挨著性急的師傅們的罵，綠真正是忙東忙西拚命工作……

也難怪下了班一回到家，洗過澡，就睡死了……

桂二郎這麼想，喃喃說了三次「我的女兒」。然後，又覺得在這裡待太久，只怕會被綠看見。

雖然只見過一次面，但綠很可能已經記起上原桂二郎這個人的長相了。不，在這麼忙碌的現場勤奮奔忙的綠，即使看到只見過一次的人的面孔，應該也想不起吧……

桂二郎離開郵筒，準備朝計程車可以靠邊停的地方走，但心想，若是朝自己看上一眼，綠會不會注意到這個人就是上原桂二郎呢？

如果會，自己一定會備感幸福吧。

傻瓜！感傷什麼！

桂二郎在心中如此斥責自己。儘管如此，桂二郎還是折回來，站在工作人員出入的展示中心前。

「很危險喔！」

搬運玻璃的青年說。這時候，他的視線與綠對上了。

拿著捲尺的綠，視線一度移到看似設計圖的圖樣上，然後視線朝向桂二郎，露出「咦！」的嘴型，然後小跑步過來。

「這不是上原先生嗎？」

「哦，果然是新川小姐啊。哎，我就覺得那位小姐看起來好像新川小姐……」

桂二郎這麼說，指指不遠處的一棟大樓。

「我到那邊有事，辦完事之後出來，從這前面經過，看到有個人很像新川小姐。你們看起來很忙啊，簡直像在打仗。」

桂二郎看了展示中心一眼說。

「因為今晚要完工。驗收之後，這裡會陳列五輛新車。新車大約會在早上五點陳列好。明天早上九點，這個展示中心就要開幕了。」

綠說完，摘下頭上的安全帽，以手背擦去臉上、下巴的汗水。

「那麼，你要一直在這裡工作到早上五點？」

「是的。一定要親眼看到五輛新車在這裡漂漂亮亮地陳列出來才行。」

「這世上真的沒有工作是輕鬆的啊。」

桂二郎這麼說著，對綠微微一笑。

桂二郎的視線和頭戴安全帽、單手戴著工作手套的工地負責人交會，於是便對綠說：「不好意思打擾你工作了。」

行了一禮，邁步離開。回頭一看，人行道上已不見綠的身影，大概是回展示中心裡去了。

桂二郎幾乎是在沒有任何思考的情況下，隨著下班的大批人潮不斷地走。沒有去想自己過了哪個十字路口、正朝著哪個方向走。我的女兒，在我不知情之下出生，不知情之下長大，與粗魯的男人為伍，為自己的工作盡力……桂二郎這麼一想，「搞什麼。」在內心這麼說。「搞什麼。搞什麼。喂，上原桂二郎，你終究是個被寵壞的大少爺啊。」

桂二郎對自己說，羞愧得只想抱頭避不見人。這輩子他從來沒有對自己這個人感到如此窩囊過。

「怎麼會有這麼窩囊的人啊。」

他真心這麼想，但在痛罵自己的同時，桂二郎仍感到幸福。這份幸福究竟從何而來，桂二郎似懂非懂。

然後，又在心中痛罵感到幸福的自己。

你不該讓事情就此結束。無論千鶴子的真意為何，新川秀道有什麼想法，都不能讓綠永遠不知事情的真相。

這是對新川綠這個人的侮辱。

然而，又該如何是好？他已經無法向千鶴子尋求答案了。勢必得和新川秀道攤牌。

但是，今天新川秀道只暗示了「我知道綠的父親是誰」而已。恐怕今後無論是直接還是間接，他都不會再對上原桂二郎開口談這件事了吧……

桂二郎有這種感覺。

新川秀道平靜地暗示的背後，難道不是意味著上原桂二郎可以依照自己的想法去做嗎……

當桂二郎感到疲於人群，便從大馬路走進大樓與大樓之間的小路，時而左轉時而右轉，再次來到車水馬龍的大馬路。自以為走近到皇居這一邊，實際上卻是在反方向靠近日本橋的地方。

雖然一點也不覺得餓，桂二郎還是考慮是否要到「都都一」。不，還是要去橫濱中華街呂水元開的那家小小粥麵點心館呢……

呂水元也參加了黃忠錦人生最後一場高爾夫球。自從動了大腸手術以來，每一桿的擊球距離變短了，他的自尊無法容許，從此不打高爾夫球，卻說「既然這是黃忠錦人生最後一場高爾夫球，那麼由不得我不一起打」，決定也將這場球當成自己人生的最後一場，來到了札幌的高爾夫球場。

而呂水元矮小的身軀所打出來的每一桿之利落，嚴格沉默卻又文質彬彬、值得敬仰學習的高爾夫球，也令桂二郎難以忘懷。

然而，一攔到計程車，桂二郎卻說：「到東橫線N站附近。」

他想和「都都一」的老闆聊聊，也想見見呂水元，但這些都比不過想獨處的渴望。

一回到家，事先接獲雨田聯絡的富子正在為桂二郎準備晚餐。

「我在想，也許您回到家之後會想吃。」富子說。「因為今晚您原本預定要出席宴會，所以我沒有去買菜……」

「沒關係啊。我肚子還不餓。有什麼就湊和湊和吧。我晚點再吃。」

桂二郎脫下西裝，摘下領帶，也換下白襯衫，自行拿了威士忌瓶，倒進威士忌杯。

富子似乎誤以為桂二郎心情極差，不動聲色地觀察著他的臉色，端來了冰塊和水。

「佐川先生今年中元禮也送了那款起司，您要吃一點下酒嗎？」富子問。「菜色真的都是現成的材料湊和著做出來的。烤茄子和涼拌豆腐、蘆筍沙拉，還有洋蔥味噌湯……」

「好極了。夏天就是要吃烤茄子和涼拌豆腐。我又愛喝洋蔥味噌湯。」

桂二郎不想讓富子多費心，面帶笑容這樣說完，便帶著威士忌加水進了自己的寢室。

他喝了一會兒威士忌，猶豫著要不要抽雪茄，卻隨手打開了電腦。

他是想看看札幌的那座高爾夫球場有沒有網站。他的想法是，如果正在招募會員，或是有人想賣會員資格，不妨買下。

在搜尋高爾夫球場前，他打開了電子信箱，點了傳送接收，出現了「我回來了」的文字。是謝翠英的來信。

哦，翠英終於回來了啊。雖不知台灣的喪葬習俗，但母親的死與之後的瑣事，一定夠她累的吧……

桂二郎這麼想，看了Email的內容。

——昨晚，我從台北市回到東京。進入日本領空之後，飛機晃得很厲害，我很不舒服，在機上就吐了。之前不知搭過多少次飛機，卻是頭一次發生這種情況。我想是因為家母往生後，家中發生了太多事，所以我累了。

辦完家母的葬禮，和家兄商量起上原先生說要交給家母的懷表的賠償金時，一位名叫吳倫福的男子登門拜訪。他說，他在東京見過上原先生。

這位吳先生與家兄之間發生了糾紛，不僅是家兄，連我也備感威脅，所以有好一陣子我們連一步都不敢走出家門。

我大致能想像這個姓吳的人向上原先生說了什麼，但我不太明白吳倫福到底要向我們兄妹要求什麼。

於是，我遠到瑞士去尋找一位熟識外婆的人。因為我得知這位住在日內瓦的女士與外婆鄧明鴻年輕時便相識，在日本也共同生活過一段時間。

我在日內瓦了解到的事情，與委託上原先生懷表賠償金一事的那位先生的兒子無關，但那只壞掉的百達翡麗懷表所引起的種種，卻帶給我無數的驚奇與感慨。

離題的事寫太多了。結論是，家兄與我，一致認為我們在道義上不能接受那筆三百萬圓的鉅款，然而，對目前事業不順的家兄而言，這筆錢無異於及時雨。

關於這件事，我想與上原先生見面當面談。

我帶了兩種非常好喝的茶葉要送給上原先生。還有一套能泡出好茶的茶具。

您何時方便見面呢？等候您的回覆。翠英敬上——

「從台灣到日內瓦……？」

桂二郎想起吳倫福那雙眼睛，注視著電腦螢幕，喃喃地說。

那個吳倫福究竟目的何在？

但是，無論如何，須藤潤介口中的「自己人生的畫龍點睛」即將得以完成了……

桂二郎忘了自己是為了查高爾夫球場的資料而打開電腦的，想起站在岡山縣總社市高梁川畔油菜花田的俊國的祖父的身影。

今年夏天，桂二郎已決定休十天假。

客戶在長野縣的八岳有一幢別墅，將在該處舉辦慶生宴，桂二郎也受邀了。這位客戶在自家經營的十二家大型超市販售上原工業的產品，是上原工業的重要客戶，桂二郎不好缺席，便決定利用這次八岳一行，出席宴會後獨自在輕井澤的飯店住上十天。

飯店也已經訂好了。

除了打算在輕井澤的飯店看完《源氏物語》之外，桂二郎沒有其他安排。

桂二郎心想，與其在輕井澤住上十天，不如到總社市高梁川畔與須藤潤介相處。然而，總不能在潤介家打擾十天之久。但他也不想在倉敷的飯店住上十天。若要獨自在飯店消磨假日，還是涼爽的高原宜人……

好啦，該怎麼辦呢……

自己一直不覺得餓，桂二郎邊納悶邊來到客廳以便調第二杯威士忌。

那盆小小的合歡開滿了花。葉子都合上了，花卻像粉雪般不時舞動。

「粉紅色的粉雪啊。」

桂二郎注視著合歡這麼想時，俊國回來了。

「今天這麼早啊。」

桂二郎對俊國說，但俊國沒有應聲，匆匆走進自己房間，拿了兩本舊筆記回到客廳來。然後，西裝外套也不脫，領帶也不摘就一屁股坐在沙發上，打開筆記本。

「還要工作啊？」桂二郎問。

「沒有，今天的工作都結束了。」

俊國回答，這才終於脫掉西裝外套，摘下領帶。

「熊野、熊野……」

「熊野怎麼了？」

桂二郎邊調第二杯威士忌加水邊問。

「我要去和歌山縣的熊野。地方火車之旅。」

「地方火車，要去熊野本來就只能搭當地的火車啊。」

「嗯，是沒錯啦……」

俊國說，大學時代他曾照著自己做的社團企畫到熊野一遊。那時候的旅行日記都詳細記錄在這本筆記裡。

可以搭新幹線到名古屋，再轉乘特急電車，但搭了特急就不能說是地方火車之旅，所以從名古屋到龜山搭關西本線的火車，再從龜山站轉乘紀勢本線到熊野，也是一個辦法……

俊國盯著筆記這麼說。

「去出差啊？」桂二郎問。

「不是。是我自己想趁中元休假去……可是，既然是地方火車之旅，其實不應該搭新幹線，坐東海道本線的平快列車到名古屋才是最正統的走法。」

聽了俊國這番話，桂二郎苦笑說：「這樣要搭幾個小時的火車啊。整個中元的假光是搭車就搭完了。」

大學畢業後開始上班時，桂二郎也曾從大阪到熊野的新宮。那次是因為直屬上司的父親過世，前去參加葬禮。

「我那個老闆是新宮人，上了年紀的老爸爸一個人住。兒子女兒都在大阪或京都，所以我想去葬禮幫忙，搭電車去的，新宮實在好遠吶。我現在就只記得怎麼那麼遠。」

然後桂二郎問，怎麼會選在要和返鄉旅客擠火車公路的中元假期到和歌山縣的熊野去。

「老家在那裡的人，應該有很多趁著中元假期返鄉吧。那可不是悠閒享受地方火車之旅的好時機。」

「嗯，是沒錯啦……」

俊國這樣回答。

「搭新幹線到名古屋，再轉乘關西本線和紀勢本線的話，嗚哇，要八個鐘頭。」他說。「花一整天去，又花一整天回來嗎……五天的假……」

「你在熊野有朋友啊？」

桂二郎這一問，俊國回答：「嗯，算是吧。」

原來如此，看來是有什麼不願意詳細告訴我的內情啊——桂二郎如此推測，帶著一杯威士忌加水，進了自己的寢室，在鍵盤上打給翠英的回信。

先為她母親的死致哀，然後又打了懷表賠償金的受益人自動轉為翠英的哥哥或翠英本人之後，接著說自己從八月十二日起，將會在輕井澤的飯店休假十天，打算趁這個假期看完《源氏物語》。

桂二郎邊打字，邊發現自己內心那種「瘋狂」已然消滅。

不，說消滅並不貼切。應該只是在自己這個人的某處躲起來，不見蹤影而已吧……

桂二郎這麼認為。而且也認為，對年輕女人的肉體的「瘋狂」之所以暫時消退，若要分析，原因只有一個：新川綠的出現。

若說對翠英產生的情欲，猶如天雷地火，那麼綠這個女兒的出現，或許便像是路途中陷入意外出現的沼澤。不，不是沼澤。是清泉。雖然這麼說未免太厚顏無恥，但那是一股清冽的湧泉……

他作夢也沒有想到，自己的人生到了五十四歲竟會出現這股清泉。

我必須向天道安排深深低頭謝罪、感恩才行。

這個天道安排，其中一位應該是新川千鶴子，另一位是新川秀道吧。而若要在這當中找出什麼，目前的我只想得出「清心」或是「善念」……

桂二郎寄出給翠英的Email之後，尋思自己這輩子到底看過多少人。

若將在路上擦身而過只看過一眼的人也包括在內，這五十四年來自己看過的人……應該是個天文數字。上原工業也有數百人。加上因私人原因離職、退休離開公司的人，光是自己就任社長以來，應該就帶領過、看過近二千人。

當然，我不是旗下員工數十萬人的巨大企業領導人。不過就是個做鍋子的中年人。但這樣的我，實際見過各色各樣的人所訓練出來的眼力，多少是值得信賴的。

新川綠是個誠實正直的女孩。她的面相裡沒有絲毫邪獰之心帶來的黑影。新川秀道也是個歷經重重自我修練的「成熟」男子。千鶴子想必也是個暗藏著大度大器之人。

正因如此，綠才會成長那樣一個好女孩……

桂二郎如此沉思，陷入比先前更加强烈的謝罪、感恩的情緒中，一動也不動。

突然，「爸……」

身後響起俊國的聲音，桂二郎大驚轉身。

還以為自己進來的時候帶上了門，難道是以為關了卻沒關嗎？桂二郎邊想邊問俊國：「什麼事？」

俊國好像有點慌，說：「抱歉，因為門開著。」

俊國臉上也有驚訝之色。那神色說明了他沒見過父親如此驚訝的表情。

「瞞著爸，總覺得過意不去。」

俊國說，關上寢室的門，在桂二郎的床上坐下。

「我去熊野，是為了去看冰見小姐的弟弟工作的情況。」

「冰見小姐……？對面的冰見小姐嗎？」

桂二郎問。

「嗯。所以，就是說，我是要和冰見留美子小姐一起去熊野……」

桂二郎不自覺地露出微笑，說：「哦……和冰見留美子小姐一起啊。」

「可是，只是一起去而已喔。她問我去熊野要怎麼去最快，我說儘快抵達目的地的旅行很沒意思……身為一個大學時代地方火車之旅的社團領隊，我誇口說『和我一起去，保證好玩』，她就說，那你願意帶我去嗎。」

「她說的？」

「嗯。我沒想到她會這樣回答，害我一時之間不知如何是好……」

俊國說得逗趣，桂二郎低聲笑了，說：「不知如何是好嗎……嗯，也難怪你。」

「我差點就要說，其實我就是十年前那個高中生……這五天，我不管是睡著還是醒著，滿腦子都在想到底是告訴她比較好，還是不要說比較好……」

然後俊國問桂二郎該怎麼辦。

「你已經不是十五歲了。都過了十年，雖然輩份還很低，卻也是個堂堂社會人士了。這種事別問你老爸，自己想啊。」

「嗯，我也料到爸會這麼說。不過，知道當年那封信的事的，就只有爸，那時候也找爸商量了很久，所以想說還是跟爸報告一聲……」

「兒子願意拿這個來找我商量，是老爸我的榮幸，但這還是要由你自己找出答案。」

桂二郎這麼說，拿手上的威士忌杯做出乾杯的樣子。

「為什麼要乾杯？」

俊國不願與桂二郎視線相接，看著窗戶那邊問。

「初戀可能就要開花結果的機會來臨了，當然要乾杯囉。」

桂二郎取笑著說，想起以前在「都都一」巧遇冰見留美子之際，她將上原俊國誤以為上原浩司的事。這件事，自己沒有深入追問，也沒對俊國提起。因為桂二郎覺得好笑：儘管是怕十年前的事曝光而臨時扯的謊，但這謊實在拙劣無比。

雖不知過程如何，但現在俊國與冰見家的長女愈走愈近，即將一同前往熊野旅行。

話雖如此，卻只是以朋友的身分一同旅行……

桂二郎這麼想，試著從記憶深處找出十五歲的俊國寫給年長他七歲的冰見留美子的信是什麼內容。但除了會飛的蜘蛛，什麼也想不起來。

「我初戀的對象不是冰見小姐啦。」

俊國苦笑著說。

「哦，不是啊。」

「是小學五年級的時候的同班同學，末沢惠利。她來過我們家好幾次。不過爸大概不知道吧。」

「我怎麼可能記得你小五的時候的女朋友呢。那，冰見小姐是你第幾個心上人？」

「第二個。」

「再後來呢？」

對桂二郎這個問題，「沒有了。」俊國這樣回答，準備離開寢室。

「你什麼時候和冰見小姐變得這麼熟的？」

桂二郎邊笑邊問，俊國說，那次在「都都一」遇見之後，後來又有一次在回家的電車上和她同車，那時候互相交換了Email。

「是在爸跟冰見小姐搭同一班飛機去北海道以後。」

「哦，是嗎。嗯，感覺你們很有緣啊。」

桂二郎心想自己難得這樣取笑別人，對俊國微笑著這麼說。

「今年夏天，你好歹找個一、兩天去看看總社的爺爺。我也會找時間去。」

桂二郎這麼說，俊國答等過了中元，打算請休假去，便回到廚房那邊去了。

是嗎，原來這十年，俊國沒有愛過冰見留美子以外的女孩啊……

桂二郎為俊國這沒有血緣關係的兒子的深情感動，遙想俊國那因意外而英年早逝的父親，同時也是自己妻子先夫的人物。儘管明白若這個人還活著，自己就不會遇見幸子，也不會成為俊國的父親，但他還是想會會須藤芳之這號人物……

桂二郎在心中描繪出一個遠較自己深具魅力的人物。

八月十二日清晨出門，與祕書雨田一同前往八岳，在客戶的別墅院子裡吃過烤肉，晚上八點多桂二郎前往輕井澤。

司機杉本將桂二郎送達輕井澤的飯店後，將與雨田同回東京，他也配合桂二郎的休假請了暑休。

「高爾夫球具已經在車子的後車廂裡了。」雨田說。

「高爾夫球具？我沒有要在輕井澤打球啊。別的不說，又沒有一起上球場的球伴。」

桂二郎一這麼說，雨田便從包包裡取出好幾張影印好的紙。

「這是最近剛開幕的高爾夫球場，一個人也可以打球，而且離社長投宿的飯店非常近。聽說會提供一輛小推車，可以自己拉著打球。有清晨優惠，也可以只打九洞。」

聽了雨田的話，「你好像很想叫我去打球啊。」

桂二郎說，接過印有高爾夫球場地圖的影印紙。

「我是想清晨在輕井澤打高爾夫球應該有益健康。」

「當然是吧，但想一個人打球，去了卻被安排和素不相識的陌生人同組，反打起球來而顧慮很多，很難開心啊。」

「不會的，您不用擔心。我學生時代的朋友在這家高爾夫球場工作。我已經嚴命他要是上原桂二郎先生去了，無論球場多擠，都要讓上原先生一個人打球。」

「哦，嚴命啊。」

桂二郎笑了，但並沒有在輕井澤打高爾夫球的念頭。

「你的心意我很高興，但我想我一定不會去的。」

「是的。但是，萬一您突然想打球，沒有球具就麻煩了。」雨田說。

還有，這十天若每天都吃飯店的餐恐怕會吃膩，每次出門的時候叫計程車也太單調，所以已經請飯店準備好腳踏車——雨田很快繼續說。

「呃——，我想社長一定會罵我多事，但社長的電腦也裝在後車廂帶來了。飯店有網路線，只要向負責人員說一聲，馬上就可以幫忙裝設好。」

「我的電腦？你什麼時候裝上車的？」

桂二郎在驚訝中帶著幾分怒意對雨田說。

「早上，去接社長搬十天份的行李的時候，想到也許社長會用到電腦。」

桂二郎知道雨田並不是為了暗示「如何？我很伶俐貼心吧」才將高爾夫球具和電腦裝在車上帶來的。這麼做，是雨田的用心，希望為社長這十天的輕井澤獨居增添一點樂趣。

即使如此，桂二郎還是有點生氣。

「我是為了發呆才來輕井澤的。」

以不悅的語氣這麼說。

車子經過佐久交流道，繼續行駛在一般道路上。

「不走高速公路到輕井澤交流道？」

桂二郎這麼問，司機杉本解釋，碓冰輕井澤交流道到飯店之間的路正在塞車，前進短短兩、三公里都需時近一小時，所以回頭繞到淺間山麓廣域農道這條新開的路，來到追分，從這裡上國道十八號線，抵達的時間會早得多。

「杉本先生休假有什麼打算？『奧之細道』之旅嗎？」

桂二郎這一問，杉本回答，像中元這種返鄉人潮多的時候，躺在家裡才是上策。

「我已經認命了，大概會被逼著帶孫子吧。」

由於是夜間，完全看不見淺間山。到了追分附近，霧變得很濃，當他們抵達飯店玄關時霧又轉為雨。

桂二郎的房間在一樓邊間，門前種了好幾棵松樹，滿地綠草，不需經過櫃台和大廳就能來到戶外。

飯店人員和雨田搬運行李時，桂二郎脫下外套，換上薄毛線衫，來到飯店庭院的草地上。雖下著雨，但由於是霧一般的毛毛雨，混合著高原夜晚的涼意，十分舒適。

「雪茄保濕盒在這裡。電腦已經可以用了。房間裡有電子爐和冰箱。」

雨田邊說邊將桂二郎的手機插上充電器，行了一禮說有事請隨時與我聯絡，便與杉本一起回去了。

桂二郎覺得在八岳烤肉時全身沾到的肉味煙味依然殘留在身上各處，便在浴缸裡放了熱水，泡了許久，從頭到腳仔仔細細洗了個澡。也有意洗去在大都會裡累積了一整年的塵埃。

洗好澡，自己調了威士忌加水，穿上睡衣，桂二郎打開了雨田放在窗畔的雪茄保濕盒。保濕盒裡的濕度計顯示為七十八度。桂二郎心想輕井澤現在的濕度恐怕超過八十，想起過去與妻子幸子唯一一次來輕井澤避暑的往事。

幸子年輕時便有肋間神經痛的老毛病，每年總有一、兩次，胸部、背部苦於難纏的悶痛，而這個毛病一到輕井澤就惡化。他們認為很可能是輕井澤的寒氣和濕度所至，便提早回東京，一回去，疼痛立刻不藥而癒。幸子因此而討厭輕井澤的夏天，從此夫妻倆便再也沒有一同造訪過輕井澤。

這樣的大霧和細雨，搞不好濕度超過了百分之九十，桂二郎邊想邊望著窗戶另一頭朦朧的亮光，抽了雪茄。味道比平常來得濃。

司機杉本說得沒錯，從輕井澤交流道進來的車輛，數目遠超過桂二郎的想像，一路綿延到國道十八號，國道向東短短五百公尺外的這家飯店四周卻悄無聲息。

新川綠的臉今天不知在腦海中浮現過多少次，此刻又再次浮現。

即使在並未思及綠的時刻，也極其自然地出現在桂二郎心中。

平常桂二郎抽 Cohiba 的 Robustos 都將濕度調整為六十八到七十。因為他覺得這個濕度抽起來最芬芳可口，但濕度高了十度的 Cohiba 不僅香，苦味也變強了，別有一番風味。抽著這 Cohiba 的 Robustos 與新川秀道在「新川」度過的時光，在桂二郎心中依舊鮮明，沒有半分褪色。

而昨天，桂二郎幾經猶豫，仍坐了杉本開的車去了「新川」。

因為桂二郎認為綠一定會將上原桂二郎恰巧經過她們工地、與之短短立談數語的事告訴父親，而他對新川秀道有何反應感到不安。然而，新川秀道卻隻字未提，倒了 Half And Half，說他自己也到銀座的菸具店買了雪茄，拿出了 Cohiba 的 Robustos 和 Siglo II，以及 Esplendidos。

他說 Esplendidos 實在太貴，只買了兩根，將其中一根給了桂二郎。正當桂二郎與秀道同時準備點著抽完一根需時約兩個鐘頭的又粗又長的雪茄時，明明才四點半，附近和菓子店的老闆便和朋友一同走進了「新川」。

於是桂二郎告訴秀道自己明天起將在輕井澤度過一個人的休假，約好回到東京之後再來享受 Cohiba 的 Esplendidos，將雪茄交給秀道。

「您要住哪裡？」

秀道問起，桂二郎便說了飯店的名字，逃也似地離開「新川」回到公司。

他覺得自己的舉止未免太小家子氣，昨晚上了床之後仍後悔不迭，幾乎沒睡。

桂二郎抽完雪茄，向客房服務點了熱奶茶，將《源氏物語》上中下三卷擺在桌上。

喝了奶茶，躺在床上看著《源氏物語》，沒關燈就睡著了。

第二天早上，在野鳥叫聲中醒來，對於自己竟然難得睡得如此深沉略感驚訝，關了房間的燈，一看表，五點半。

由於大窗戶的窗簾沒有拉上，可以看到與飯店緊鄰的高爾夫球場在朝霞包圍中萬籟俱寂的光景。桂二郎的房間位於那座高爾夫球場的不知第幾洞的果嶺之後，中間沒有任何障礙物。若有哪個差勁的高爾夫球手選錯了球桿，只怕打出來的球隨時都可能會擊中桂二郎房間或隔壁房間的大窗戶。

心想怎麼不設防護網避免這種危險發生，再度從大窗戶細看果嶺，原來果嶺後方到飯店房間的窗戶其實有一段相當長的距離，豎了界樁。也是啦，若是第二球就能打出果嶺擊中這片大窗戶，那可就是個了不起的好手了——桂二郎心想。

這天，桂二郎叫客房服務吃了早餐，在飯店附近散步，依照計畫看了書，但一想到接下來一個多禮拜天天都要過這樣的日子，不免對在大熱天中辛勤工作的人感到過意不去，便開始考慮不如像雨田說的，用手推車載高爾夫球具，獨自上球場打球。

於是他來到飯店櫃檯，說明天早上想一個人打九個洞，結果飯店的人說拉著手推車打球的球場不是緊鄰的這個高爾夫球場。

「這裡是搭高爾夫球車打球的。」

服務人員這麼說，介紹了兩家拉著手推車打球的球場。

「早上七點起就開放打球，傍晚則是三點半開始。需要為您預約嗎？」

「那就麻煩了。」

桂二郎指定早上，也請櫃檯代訂到球場的計程車。服務人員說，那個球場扛著高爾夫球袋走去太遠，但搭計程車距離又太近，所以會以飯店的小巴士接送。

都來到涼爽的高原了，桂二郎想慢慢走著打球。

「高爾夫本來就是要走的。」

這樣喃喃說著回到房間，從球袋裡取出球和手套，打開了電腦。他想發個Email向雨田道謝。

螢幕顯示有未讀來信，一看寄件人，一封來自俊國，另一封則是謝翠英寄來的。

——輕井澤如何？東京從今天開始變得好熱好熱。熊野行，延到十天後了。因為我突然有工作，同時冰見小姐的時間也不太方便。不過，多虧這樣，可以避開中元返鄉的人潮。依爸的個性，我猜爸一定已經開始無聊，想回東京了，但你要是回來一定會後悔。這裡熱壞了。爸你還是死了心，好好待在輕井澤吧。——

看完俊國的Email，接著看翠英的。

——後天，我將前往輕井澤。大學朋友的爸爸在輕井澤有別墅，邀請我們去。朋友將在別墅舉辦生日派對。我預計在那裡住三晚。可以去飯店找您嗎？

——

桂二郎對於翠英來飯店找他有所遲疑。其實不止翠英，就算是俊國或是任何人，這次的輕井澤假期，即使再怎麼無聊，不想與人談話的想法都沒變。

本來到輕井澤是來渡假的，但工作卻出了問題，結果很可能變成來輕井澤辦公——當桂二郎正在寫這樣的Email給翠英時，房間的電話響了。是「桑田」的老闆娘鮎子打來的。

「你猜我現在在哪裡？」

鮎子問。「桑田」從昨天起也進入三天的中元假期。

桂二郎從鮎子的語氣，猜想難不成也在這裡，便說：「該不會在輕井澤吧。」

「沒錯。」

她說她昨天傍晚抵達輕井澤，明天上午就要搭長野新幹線到東京，直接轉乘東海道新幹線回京都。

「從我當上老闆娘開始招呼客人就很照顧我的一位貴客，這三十年來每年夏天都到輕井澤避暑，但三天前他在輕井澤的別墅病倒了。心臟病發作。」雖然被救護車送到佐久市的大醫院，但他高齡九十，夫人早已仙逝，幾個兒子又住在國外。只有一位中年幫傭從東京陪著過來，所以我到佐久市的醫院去探望他，希望能幫得上忙，但他已經連我是誰都認不得了……

鮎子這樣說明。

「六月見面的時候，明明還很硬朗的……」

「你在輕井澤哪裡？」

桂二郎這一問，鮎子的笑聲頗有賣關子的意味。

「咦！該不會！」

「沒錯。我在阿桂房間走出來大概二十秒的地方。」

「你也住同一家飯店？」

「我住二樓。不過，現在是從飯店庭院裡打手機。」

桂二郎掛斷電話，匆匆走出房間，朝幾棵老松之間看。只見鮎子坐在庭園燈打亮的草地上，正朝他揮手。

走過處處蟲鳴作響的草地，桂二郎來到鮎子的所在之處。

「屁股會濕喔。今晚雖然沒有起霧，但輕井澤晚上濕氣很重。」

「濕了也沒關係啊。反正等一下只是洗洗睡。」

鮎子說，自己知道那位老先生來日不多，所以在這裡緬懷感念自己與老人數十年來的情誼。

「一邊想著阿桂就在那個房間裡……」

以前，「桑田」背了大筆債務的時候，多虧了那位老先生開口，才獲得某家銀行的融資。

「幸好我帶了開襟衫來。京都連晚上氣温都不下三十度，這裡卻只有十七度……實在很難相信同樣都是日本。」

說著，鮎子站起來，檢查屁股是不是濕了，然後約桂二郎去酒吧坐坐。

「你吃過飯了嗎？」

桂二郎問，鮎子笑著說，在佐久市的醫院附近一家餐廳吃了親子丼。

「那麼難吃的新子丼還是難得一見呢。」

「你明天中午就要回去了啊……難得來輕井澤一趟，至少再多住一晚吧？」

桂二郎邊說邊走在飯店建築與庭院之間的通路，朝酒吧前進。

鮎子說，飯店明天客滿，今晚是因為剛好有人取消才空出了一個房間，又問：「我本來都跑到阿桂房間門口準備敲門了，卻想到要是你和哪位小姐在一起就不太好，才跑到庭院裡打電話的。你真的一個人？」

「很遺憾，就我一個人。」

鮎子不會喝酒，桂二郎又才吃過飯沒多久。

在酒吧的吧檯坐下，桂二郎點了Half and Half，鮎子點了金巴利蘇打。

兩人聊了一會兒在北海道打球的回憶，桂二郎把他在新橋「新川」與新川秀道之間的談話告訴了鮎子，也說了之後到綠工作的施工現場時發生的事。

「這世上，有好多無法言喻的事啊……」

聽完桂二郎的話，鮎子以雙手手心握住裝有金巴利蘇打的玻璃杯，捧著杯子這麼說。

「那位新川秀道，真不知是懷著什麼樣的心情來養育綠這個女兒的……」

「新川先生並沒有提到『約定』這兩個字，但我總覺得他和他太太之間有什麼很深的約定。應該是說，這當中不但不容上原桂二郎這個人介入，而且是巨大得無法言說的存在……我有這種感覺。」

桂二郎把這幾天來持續思索的事說出了一部分。

「我會這麼說並不是我這個人自私推委……」

說到這裡，桂二郎發現鮎子雙眼含淚。但他裝作沒發現，

「這幾天來，我心中只有滿滿、滿滿的感謝。」

桂二郎說。

鮎子沉默片刻，把手上的玻璃杯放在吧檯上，

「上原桂二郎這個人，真的是很有人德的一個人……我從以前就覺得，這是非常值得慶幸、感恩的好運氣，但所謂的運氣，並不是上天給的。」

她說。

「不幸的人也好，幸運的人也好，當然都可以把一切推給『運氣』二字，但這運氣，卻不是由人類智慧無從探測的冥冥之意所分配的……我認為還是那個人自己造成的。上原桂二郎之所以會有人德這顆吉星高照，也是上原桂二郎這個人平常積累的業報……」

然後本田鮎子露出笑容。

「因為阿桂是個正直誠實，勇敢堅毅的人。」

鮎子這句話，多少讓桂二郎感到意外。

正直……自己的確從未蓄意騙人。但既然經營事業，難免也會有不盡人意，結果演變成騙了對方的狀況。

誠實……這倒是可以抬頭挺胸，大膽說無論是在工作方面還是待人處事方面，自己都很誠實。

勇敢堅毅……日文叫「けなげ」，該怎麼解釋呢？漢字寫成「健氣」，所以其中有著健壯、有勇氣，或者也包含了「一往無前的坦誠」之意。如果「健氣」這個詞包含了這所有的意義，那麼自己究竟是不是個「健氣」的人呢……

桂二郎這麼想的時候，腦海中浮現了冰見留美子告訴自己、須藤潤介也曾談起的「會飛的蜘蛛」。

若認定那是蜘蛛為了擴張自我生存領域的本能，就沒有什麼好說的，但僅憑藉著自己吐出來的絲與上昇氣流和風而飛行，無法順利起飛、墜落在短短五公尺之外的蜘蛛，就只能在上天安排給牠們的範圍之內生活。

縱然獲得多重僥倖加持，得以飛行幾百公里來到新天地，等待著蜘蛛的，也多半是與僥倖相悖的惡劣環境吧。

然而，即使如此，小小蜘蛛仍在初冬某日，拚命想飛。

這舉止是多麼「健氣」啊……與這些蜘蛛相比，自己一點也不「健氣」。只是一直守著祖父和父親傳下來的公司而已……

「我不勇敢堅毅啊。」

桂二郎對鮎子說。然後把東北地方稱為「迎雪」的蜘蛛飛行習性告訴了鮎子。

鮎子倒是對「迎雪」有相當的了解。一位住在東北的大學教授，曾經在別人的招待下來過「桑田」兩、三次，席間便以「迎雪」、「飛行蜘蛛」作為話題。

「他說他雖然沒看過蜘蛛飛，但看過幾十個脫離了蜘蛛身體的一團團蜘蛛絲從天而降。說是雪卻太透明，輕飄飄地，本身像個奇妙的生物一般，那個情景，簡直就像幻影在半空中浮游……」

鮎子說，聽到這些之後大概過了半年，得知了桂二郎的妻子病重的消息。然後她從手提包裡取出原子筆，在杯墊上寫了什麼。

「我覺得那飄然飛舞如夢似幻的東西，是非常崇高的生命結晶，就寫了一句俳句想送給幸子，可是還來不及送給她，她就走了……」

桂二郎把寫著鮎子俳句的紙製杯墊拉到手邊。

——迎雪喚初冬　飄飄渺渺舞翩翩　輕漫病床間。

「這是你為幸子寫的嗎？」

在意想不到的驚喜的同時，桂二郎在心中將這首俳句吟頌了無數次。

願小小生物那堅毅又崇高的生命結晶，降臨在與病魔奮戰的你身上——桂。桂二郎將鮎子寫的詩作了這樣的解讀。

「是外行人寫的拙劣之作……」

鮎子微微一笑。鮎子笑起來更增豐麗的那張臉上，有著疲憊之人特有的寂寞。

「不，是首好俳句。雖然被一個像我這麼沒學問的人誇獎，好像反而會拉低這首俳句的價值，但這是首好俳句。」

說完，桂二郎將寫了俳句的杯墊放進襯衫的胸前口袋。

「為什麼老闆娘一個人這麼忙呢。這樣拚死拚活地工作，會把身體累壞的。」

聽了桂二郎的話，鮎子再度微笑，說：「跟陀螺一樣啊。不打轉就會倒下。」

然後低聲說今晚在這涼爽的高原上，要難得早早上床，然後喝了一口金巴利蘇打。

離開酒吧，桂二郎目送鮎子走上通往二樓的階梯後並沒有直接回房，而是在飯店庭院中散步。從胸前口袋取出杯墊，注視著鮎子寫給幸子的俳句。

——迎雪喚初冬　飄飄渺渺舞翩翩　輕漫病床間。

無論怎麼活都是一輩子。我也要發奮工作。這個念頭，在桂二郎心中迅速茁壯。

回到房間，關掉電腦，桂二郎泡了一個比昨天更久的溫水澡，比昨晚提早兩小時上了床，閉上眼睛。

早上四點醒來，桂二郎因鼓噪的野鳥叫聲而拉開窗簾，卻見天色暗得難以稱為黎明感到疑惑，甚至懷疑自己的手表壞了。

心想著是高原的清晨天色亮得比都會晚嗎，來到庭院，在朝露潤澤的草地上稍微做點體操，為了消磨六點前客房服務還沒開始的時間，打開電腦，這才發現昨晚忘了回信給翠英。

想個適當的藉口，寫好在輕井澤無法見面，正準備回信的時候，發現來信的電子信箱不是平常翠英用的那個，考慮片刻後，桂二郎決定不寄了。因為他猜，翠英昨晚一定是借用朋友的電腦寄信的。

翠英和她朋友想必是認為用朋友的電腦來收上原桂二郎的Email也沒有關係，但桂二郎卻對把給翠英的回信寄到素不相識的人的電腦裡有所排斥。沒有收到回信，翠英應該會認為自己沒有看到她寄的信，不會跑到飯店來吧。

桂二郎是這麼想的。翠英並不知道自己會帶電腦到輕井澤來，所以只要不回信，她應該會認為他把電腦放在目黑家裡才對。

話說回來，明明不知道人在輕井澤的上原桂二郎是否帶了電腦，翠英怎麼會寄這麼一封Email來呢……真不像平常的翠英……

是不是發生了什麼萬不得已的事呢……

一這麼想，便格外掛心，但桂二郎在六點整打電話給客房服務，請他們送來早餐，然後將高爾夫球袋放在門邊。

吃過早餐，打電話到櫃臺準備告訴他們要去打高爾夫，結果昨天那位櫃臺服務人員說，已經準備好小巴士，現在就派行李員去搬高爾夫球袋。

桂二郎與前來的年輕行李員一同來到大廳，對櫃臺人員說：「鳥兒起得早，太陽卻起得晚啊。」

正準備交出房間鑰匙時，桂二郎吃了一驚回頭看。

翠英穿著一身看似夏裝的牡丹刺繡白旗袍，坐在大廳深處的沙發上。

那件旗袍開叉並不怎麼高，但在清晨六時許的高原飯店裡，不但引人注目，更為翠英全身帶來一種奇特的風情。

「怎麼了？」

桂二郎邊說邊走過去，翠英從沙發上站起來，說：「對不起。請不要生氣。」

「我沒生氣啊，只是吃了一驚。」

聽到桂二郎這麼說，翠英解釋她昨天半夜打電話到輕井澤幾家有名的飯店，問是否有上原桂二郎這位房客，說：「我被那個人盯上了。」

「那個人？吳倫福嗎？」

「是的。他打算報復我。除此之外，我想不出任何理由了。」

桂二郎對翠英說我們到咖啡店去，然後請櫃臺通知高爾夫球場因為臨時有事要取消。但咖啡店還沒有開店。

「邊散步邊說吧。」

桂二郎說，與翠英一同走出飯店大門。桂二郎感覺到幾個多半是要去打高爾夫球的客人的視線，笑著說：「你穿這件旗袍簡直判若兩人。好看極了，幾乎令人不敢逼視。」

然後舉步走向通往飯店別棟的白樺樹林。

「從橫濱到輕井澤的路上，我是一身皺巴巴的T袖和牛仔褲。可是，穿那身衣服這家飯店，就對飯店太失禮了，可是我又沒帶別的衣服……」

翠英總算露出笑容這麼說。然後又接著說，自己和哥哥都沒有資格收下那筆懷表的賠償金。

「那只懷表是贓物。是日內瓦一家名表店失竊的大量昂貴鐘表裡的其中一項。是在一九四〇年失竊的。我外婆沒去過日內瓦，所以我相信外婆並不是竊賊的同夥。可是，他們之間是有聯繫的。」

「聯繫？你是說和那個竊盜集團？」

翠英對桂二郎這一問微微點頭，在透過樹葉灑落的陽光下停住了腳步。

在日內瓦見到的那名女子，與自己的外婆鄧明鴻關係匪淺。暫稱那名女子為T。

T女士現年七十五歲，在日內瓦開一家中餐館。

她曾將鄧明鴻當作姊姊般敬愛，卻遭遇到慘無人道的冷血出賣，與鄧明鴻絕裂，赴法之後，移居瑞士日內瓦……

說到這裡，翠英不安地往後看。

然後她解釋，她莫名害怕，打電話給中華街的呂叔叔，但呂叔叔不在，便拜託為了準備生日派對而提早一日前往輕井澤的朋友，昨晚跟著朋友開車離開橫濱。

「因為走得匆忙，所以只帶了這件參加派對的衣服……」

「要報復翠英，是那個人說的嗎？」

桂二郎問。翠英搖搖頭：「他說，你應該要知道你外婆是個多心狠手辣的壞女人。因為你身上流著她的血……吳倫福一直在我住的公寓大門等我。他也知道我去日内瓦找過T了。」

「一九四〇年嗎……已經是遙遠的往事了。都六十年了。就算是橫濱中華街發生過的事，年代久遠，幾乎沒有人記得，誰也無法證明真相。翠英沒有怕吳倫福的必要。」

「那只懷表，聽說是吳倫福的妹妹的。我外婆不但搶走了很多高檔鐘表和寶石，還殺害了吳倫福的妹妹。日内瓦的T女士也對我說了同樣的話。她說，你外婆那樣的壞人絕無僅有……」

「那個吳倫福具體上對翠英做了什麼要求？」

桂二郎問。

「具體上什麼都沒有要求。所以更可怕。」

「那我就不明白了。橫濱中華街可是在日本這個國家境内。有人在那裡遇害，我不相信事情能這麼輕易就能掩埋在中華街裡深處，一點消息都不露。別的不說，吳倫福的妹妹的屍體跑到哪裡去了？依黃先生的人脈打聽出來的消息，就算只是傳聞好了，也沒有半個人聽說橫濱中華街曾經發生過這麼一起命案啊。」

桂二郎邊說邊想呂水元身為華僑的人脈也很廣，便說：「去找你呂叔叔商量。不要回公寓，去投靠呂水元先生，見機行事。」

從樹縫中灑落的陽光，在翠英的旗袍上劃出了斜斜幾道光，她臉上的色澤比在大廳時好了不少，一雙眼睛不單單像在求助，彷彿要挨著身子靠過來一般，卻又別有意味。

「上原先生會幫我……我每次覺得害怕都會這麼想。覺得到上原先生身邊就可以安心……等我朋友的派對結束，我可不可以再來這裡？」翠英問。

某日突然消失的麻煩的東西，在桂二郎體內，勢如破竹般猛然復甦，膨脹擴大。

桂二郎與翠英不約而同緩緩折回來時路。

「派對什麼時候結束？」桂二郎問。

「明天晚上。十點左右應該就結束了。」

翠英這樣回答。

回到大廳，桂二郎請櫃臺為翠英叫計程車。

「總之，你要和呂水元先生聯絡。吳倫福的目的……」

說到這裡，桂二郎沉浸在走到一半便已開始在腦中環繞的影像——翠英裹在旗袍底下的乳房、腰，以及其下的女體——之中，

「是錢啊。八成是錢。」

在翠英耳邊悄聲說。

然後，迎向大廳裡的人門的視線，說：「這身旗袍很引人注目呢。太適合你了……」

等翠英回了位於千瀧的朋友家的別墅，桂二郎回到自己房間，在椅子上坐了一會兒，注視著濡濕整座仍不見球客身影的高爾夫球場的朝露，然後打電話到櫃臺，問現在是否可以去打球。

「九洞也可以，不知行不行？」

「若只有您一個人，隨時都可以開始。上原先生的高爾夫球袋還在小巴士上，小巴士現在便可送您到高爾夫球場。」

櫃臺這樣回答。

一看時間，才八點出頭。

高爾夫球場的客人少得令人意外。在服務台申請並付費後，對方表示可任意選擇前九洞或後九洞。

在桂二郎前面，一個與他同年代的男子正在前九洞的發球區仔細空揮，看來也是想獨自打球，所以桂二郎也選擇了前九洞，將高爾夫球袋放上手推車。

男子獨自打了三球之後上場了。原來如此，也有這種做法啊……因為是一個人，一次打三球，然後一路記錄三球的分數……桂二郎本想自己也有樣學樣，但開始空揮的時候，後面來了三個人一組的球客，便低聲說：「一球定生死。」

開了球。球桿下半部擊中了球，球朝右彎低低飛了出去。

本在遠方天空的雲消失了，出現在淺間山頂上。

在前面獨自打球的男子，最初三球都是標準桿，但桂二郎則是雙柏忌。

打完三洞的時候，朝陽已經昇得相當高，之前在球道和果嶺上閃著白光的朝露都消失了。

雲移到了淺間山外另一座位於高爾夫球場附近的低矮小山「離山」，除了自己前面淡定地打著三球前進的男子，鄰近的洞和後面都不見球客身影。

桂二郎在打球時，所有精神都集中在打球上，但與前方的男子距離縮短時，就會放下手推車，眺望球場內的樹林、離山、果嶺上豎起的旗桿。但是，在那裡，尚未看過的翠英的裸體，經常會像畫在毛玻璃上的畫般，模糊地出現。

「順其自然吧。沒什麼大不了的……」

每次，桂二郎都會對自己這樣低聲說。然而，到底「順其自然」的是什麼，「沒什麼大不了的」又是什麼，他也不明白。

「這不是愛。只是情欲。畢竟我也是人啊。」

每當內心這樣低語，都會對自己竟因情欲而雙眼發熱感到慚愧，因而對情欲這個字眼無比厭惡。

第六洞打完了，在走向下一洞時，桂二郎發現自己目前的成績是超出標準桿七桿，認為對自己而言表現得相當不錯。

在前面獨自打球的男子坐在第七洞發球區旁的長椅上，正在喝罐裝果汁。

「如果您願意的話，您先請吧。」

男子對桂二郎說。

「我每一洞都打三球，但您好像只打一球。」

桂二郎也在長椅上坐下，說打三球、四球都沒關係，請不用顧慮我，好好享受。

「我想悠哉悠哉地欣賞景色，您先請。」

男子便說，那我就不客氣了，站上第七洞的發球區。

從桂二郎所坐的那張長椅，可以看到落葉松林後的避雷小屋，以及應該是後九洞的短洞。那個短洞後的樹林裡有東西在動。那個東西越過短洞，消失在避雷小屋之後。

原來是人啊……

桂二郎這麼想，但又不像正在找球的高爾夫球手，好像也不是高爾夫球場的工作人員。那座避雷小屋附近有賣飲料的自動販賣機，桂二郎心想，不如來喝個冰涼的茶，便將手推車留在長椅旁，越過第六洞走過去。

桂二郎從自動販賣機取出罐裝綠茶，正準備要回長椅時，視線與一個站在避雷小屋後望著自己的女子對上了。

桂二郎頓時感到全身起雞皮疙瘩，呆立在原地與她相望。

身穿白色無袖襯衫與白色裙子，腳上一雙白色運動鞋的新川綠就在那裡。

兩人無言對望的時間，在桂二郎感到極度漫長。桂二郎拿著罐裝冰綠茶，無意識地朝綠走去。

「我向家父借了車，清晨五點時開車出來。本以為路上會塞車的，結果完全沒塞……」

綠以幼兒執拗地反抗大人般的神情說。

「令尊知道你是來輕井澤嗎？」

對桂二郎這個問題，綠搖搖頭，但隨即又點頭，回答：「我想家父是知道的。」

「你怎麼知道我在這裡打高爾夫球？」

飯店櫃臺應該不可能隨意告知，所以桂二郎這麼問。

「我本來是想在飯店停車場等到十點的，但上原先生上了飯店的小巴士，我就跟著那輛小巴士開車過來了。」

這樣說完，綠的視線朝向桂二郎剛才坐過的長椅。桂二郎隨著她的視線轉頭看，他後面那組球客已經上了第六洞的果嶺。

「我來當桿弟。」

說完，綠便跑向第七洞的發球區。

「你會打高爾夫球？」

「在英國學過一點。」

「在發源地學的啊。」

「練習了三天，只上過一次球場。」

「誰帶你去的？」

「英國朋友的父母。」

「成績如何？」

「八十八和九十二。」

「那麼，我大概比你好一點吧。」

綠拉著手推車，走近第七洞的發球區，這才頭一次露出笑容。

千萬不要揮空啊……桂二郎對自己這麼說，以開球桿開了球。

「好球。」

綠說，但桂二郎不知道自己打出去的球飛到哪裡去了。他覺得好像消失在右邊的樹林裡，但朝綠指的方向凝目細看，球在球道正中央距離果嶺不到一百碼的地方。

「你可別因為這一球就以為這個人高爾夫球打得不錯。剛才這球是僥倖中的僥倖。好幾年才會出現兩、三次。」

桂二郎在拉著手推車朝球道走去的綠後面這麼說。

他不知道新川秀道的判斷基準為何，但想必他一直認為遲早必須把事實告訴綠吧……

儘管認為他不是個會做出隱瞞一輩子這種可說是褻瀆人類的事的人，但他的煩惱、苦悶一定超乎自己的想像……

桂二郎邊這麼想，邊望著綠似乎刻意避免並肩而行般匆匆拉著手推車的背影。

「既然是清晨五點出門的，那你一定還沒有吃早餐吧？」桂二郎這麼問。

「是的。可是我一點都不覺得餓。路上，在休息區的自動販賣機買了咖啡喝。」綠頭也不回地回答。

「只剩七十碼了。發球區的標示板寫三百六十五碼，所以剛才那一球有兩百九十五碼之遠。我打得再遠，也只能勉強到一百五十碼。」

把。

綠取出劈起桿和沙坑挖起桿這兩把球桿，看著桂二郎，意思是問要用哪一

「我不可能打出近三百碼的球的。雖然年輕時大家老說我一身怪力……這裡是休閒渡假用的高爾夫球場，標示的距離大概比實際上遠吧。我想差不多就三百四十碼左右，再加上又在海拔一千公尺的地方，應該可以比其他高爾夫球場多飛個十五、二十碼吧。」

桂二郎這麼說，從綠手中接過沙坑挖起桿，揮了全揮桿。球斜飛而出，進了果嶺右側的沙坑。然後打了五桿才把球打上果嶺，又推了三桿，一共十桿才打完。

「看吧？我的球技就只有這個程度。」

桂二郎笑著說，想跳過剩下的兩個洞，便問：「打完這球就收工吧？」

但綠卻說想在高爾夫球場上走走。

在第八洞短洞，桂二郎開球之後，綠說：「我的父親名叫新川秀道。在我出生之前是他，以後也永遠都是。」

「是的。你說的一點也沒錯，我也這麼認為。」

「那麼，上原桂二郎這位先生，是我的什麼人？」

綠這個有如年輕老師問小學生的問題，桂二郎竟無法立刻回答。他覺得現在的綠需要的，並不是自己無味的答案，而是時間。

「我沒有資格回答這個問題。只是……」

「只是……什麼？」

「只是，有一件事我非常確定，那就是，在新川綠小姐漫長的將來，我永遠都會是她的盟友。」

「永遠的盟友……是嗎？」

「只要我還活著，就永遠都是你可靠的朋友。我保證。」

綠望著桂二郎那顆掉進短洞果嶺前的沙坑的球，然後蹲下來重打球鞋的鞋帶。她的動作實在太過緩慢，桂二郎猜想綠一定是不願讓人看到她的眼淚，便拿著沙坑桿和推桿，走向沙坑。

多麼克己復禮，多麼潔身自好，多麼慧質蘭心的一個女孩啊……桂二郎這麼想。

這都是因為新川秀道是個了不起的父親。因為千鶴子是個了不起的母親。

因為他們是了不起的人……

「話說回來，我的沙坑球實在差勁。」

桂二郎刻意開玩笑般喃喃地說，打了半埋在沙裡的球。球停在距離洞口三十公分的地方。

「好厲害！這球沙坑球是職業級的。推進就平標準桿了。」

綠大聲說，跑上果嶺，幫忙抽出旗子。

「嗯。剛才我是想著美國一位職業高爾夫球手的沙坑球打的。原來如此，這就是沙坑球啊。」這一洞以平標準桿進洞，最後一洞則打出了雙柏忌，以超出標準桿十四桿結束了前九洞後，桂二郎與拉著手推車的綠並肩走向服務台，一路上想著不知道有沒有客人不多的安靜餐廳。

這個時間吃午餐太早，餐廳很可能都還沒有營業。自己投宿的飯店地下樓雖然有法式餐廳，但那裡中午有營業嗎？

桂二郎邊想邊問綠想吃什麼。

「我們請熟悉輕井澤的人介紹餐廳吧。我請你吃中飯。」

「我要回去了。」

「現在？回東京？」

「是的。再好吃的東西，我現在恐怕也吃不下。」綠說。

桂二郎猜想，綠一定有很多話想說。她心中捲起的漩渦想必遠遠超乎所謂的情緒。而其中大半都是對上原桂二郎這個人的憤怒、侮蔑、憎恨吧。一定也有遠遠超過這些的什麼在心中激盪。

然而，綠卻把這些藏在心中，絕口不提。因為她知道，一旦說出口，這些將會一一變形，情緒恐怕會爆發，宛如心中只有情緒而沒有別的。

桂二郎邊這麼想，邊說：「那麼，你開車要小心，一路順風。」

朝停車場走去，因為他想綠的車多半是停在那裡。

綠坐上向父親借開的白色的車，發動引擎，然後說，她來的時候，靠近輕井澤腳就開始發抖，愈來愈沒有力氣踩煞車和油門，很可怕。

「我現在非常後悔。」

「為什麼？」

「我怕我毀了上原先生好好的一個假期……」

「沒有的事。不怕你笑我自以為是，我……」

說到這裡，桂二郎停下來，朝進入輕井澤的車潮開始堵塞的大馬路看。

能這樣在這裡見到你，我感到非常幸福……他本來是想這麼說的，但決定不要說出來。

「謝謝你特地來找我。」

桂二郎心想他現在的表情一定是公司裡人見人怕的上原桂二郎那張獨特恐怖的臉，邊想邊望著綠的眼睛這麼說，深深行了一禮。

一方面也因是為他主動拋下了自己向來堅持的「人在真心發誓時絕不該宣之於口」的論調，承諾綠自己「永遠都是盟友」而感到難為情。

「小心開車，路上要找點東西吃。」

桂二郎正要這麼說的時候，綠的車駛出了高爾夫球場的停車場，沒有駛向通往高速公路的大馬路，而是消失在高爾夫球場後側、通往別墅散在的森林的路上。

綠一定是想在森林裡找個地方，一個人靜一靜吧……

桂二郎這麼想。

「能不能幫我把高爾夫球袋送回飯店……？」桂二郎這樣拜託了服務台的

青年，舉步走向綠的車消失的那條通往森林之路。路上有幾道叉路，處處都被樹縫中灑落的日光斷層所覆蓋。

桂二郎也想靜一靜。走在高原樹縫下的無數道陽光中沉思默考，藉此好好想想接下來的事……

綠的事。公司的事。幸子與她死去的前任丈夫的孩子俊國的事。幸子與自己之間的孩子浩司的事……

桂二郎一走上森林中的小徑，便認為當前自己應該做的事，是下定決心不要與謝翠英共度危險的夜晚。

一這麼想，桂二郎便轉身，由來時路折回。

因為他決定，要回信到翠英發信的朋友的電腦，告訴她自己有急事必須回公司。

向打算靜靜度過餘生的黃忠錦求援，請他鼎力相助，打探出吳倫福真正的目的，設法讓他從翠英身邊消失，解決自己心中醜陋的情欲。

桂二郎是這麼想的。

雖然不知道翠英是否能在明晚之前看到上原桂二郎寄到她朋友電腦裡給她

的Email，但除此之外也別無他法。

「我也真是膽小。」

桂二郎小跑著越過高爾夫球場停車場前塞車的路，這麼說。

然後轉入飯店旁那條又長又直的路，用力握緊放在長褲口袋裡的高爾夫球，垂著眼繼續走。

當他發現自己現在走路的樣子一定很像鮎子走在球道上的背影，那一瞬間，桂二郎覺得自己似乎又多了解了本田鮎子這個女人一些。

——迎雪喚初冬　飄飄渺渺舞翩翩　輕漫病床間。

鮎子為力抗病魔的幸子作了這首俳句，但堅毅的生命結晶啊，願你降臨在正要迎接往後漫長人生的綠、俊國、浩司，以及為上原工業賣命的許許多多員工身上。

桂二郎這麼想，決定回東京之後，立刻去見岡山縣總社市高梁川畔的須藤潤介。

自己也想看看會飛的蜘蛛。潤介所住的總社市的田地，雖然因為高速公路的建設和農藥施用等等，嘗試飛行的蜘蛛也減少了。但是，在秋末某日的日本，應該存在著許多蜘蛛吐出絲想飛的地方吧。

若哪一天能和綠一同站在那個地方……

桂二郎也想作一首以「迎雪」為季語的俳句，但唯有那兩個字在腦海裡打轉，其餘卻一點靈感也沒有。

第九章

一直請不到一整段的假，冰見留美子的八月便結束了，接下來的九月許多客戶的結算期都撞期，稅務事務湊在一起，檜山稅務會計事務所天天都超過晚上十點才熄燈，整個九月留美子也只休息了三天，好不容易到了十月才喘了一口氣，她便感冒病倒了。

天氣好的時候，午後的風大多是從冰見家後院的佐島家吹來，所以留美子家裡經常充滿了桂花香。

佐島家門口附近那兩棵桂花，幾乎整棵都被黃色的花朵覆蓋，母親說香氣也比別家的桂花濃，但感冒病倒的留美子嗅覺罷工，來不及欣賞令人多愁善感的秋日馨香，花期就節束了。

「你這樣活著還有什麼樂趣啊。」

母親對好不容易退了燒、卻擺脫不了鼻水和咳嗽的留美子說。

「你們公司也太操了，幾乎已經是藐視人權了。根本就違反勞動基準法。從八月到今天，你到底一共休了幾天？今天都十月十五了，整整兩個半月，你不用上班的日子，我算算——」

「公司也好，在裡面上班的人也好，都有非咬著牙硬拚過去不可的時候啊。今年夏天到九月底，是檜山稅務會計事務所的關鍵時期。我們多了二十家客戶啊。每一家客戶，都是我們服務過的客戶向別人介紹我們有多優秀、幫我們建立起口碑而來的。所以如果我們不拿出一定的表現，那過去的努力不就沒有意義了……」

留美子這樣回母親，在浴缸裡放了熱水。從她認為自己真的感冒了那一天算起，留美子已經有七天沒有泡澡，也沒有洗頭了。

「你明天再請一天假。感冒好轉的時候最危險了。」

聽了母親的話，「我明天要去美容院。我剛才已經打電話到我常去的那家預約了。」留美子這麼說，為了打開五天來一次都沒有開過的電腦，走向自己位於二樓的房間。

「都三十二了嘛……我也老了。」

不知道是不是因為發高燒躺了好幾天的關係，兩條腿不要說爬樓梯了，就連走在走廊上都沒有力氣，留美子這樣自言自語著，先打開想必累積了好幾封未讀郵件的 Email 信箱。

一共有十二封。

其中七封是老闆檜山和檜山稅務會計事務所的人寄來的，其餘的五封，分別是蘆原小卷、弟弟亮、網路系統維護通知，以及上原俊國來的二封信。

——殺人級的忙碌都忙完了嗎？我九月也很忙，每天加班。十月十八日我會去東京。等時候快到了再發Email給你。——

小卷信裡這麼寫。

——什麼時候要來熊野？我後天要和師父一起到新潟和秋田去買木材。師父買下了我手邊的木材，所以我現在有點錢。媽媽好不好？還在氣我中元沒回家嗎？——

亮的Email是昨天晚上寄出來的。

——感冒怎麼樣了？我們公司操人也是出了名的，但看來留美子小姐的公司有過之而無不及。祝早日康復——

上原俊國在寄出這封Email後過了兩天，又寄了這樣一封信：

——聽說你感冒發燒得很厲害。大概是入夏以來累積的疲勞一下子爆發了。請多保重。上次，你問我我「推薦」的地方火車之旅，我以附件寄給你。明天我要去關西出差，十月十八日回來。——

留美子打開俊國的Email所附的附件。

——北海道的富良野線。JR旭川站到上富良野站。再從那裡搭公車到十勝岳。

新潟的新津站到福島縣的會津若松的路線。週末假日有懷舊蒸汽火車可搭。阿賀野川沿岸的風景恬靜迷人，離津川站不遠的麒麟溫泉是個非常靜謐的温泉。

從長野縣的上田站走上田交通別所線到別所溫泉。大推這三十分鐘左右的區間。

其他還有很多，下次有機會再介紹。——

留美子覺得自己白白浪費了感冒昏睡的這幾天，便計算一下夏天以來自己應休的假日。

包括九月份再內，一共有十四天。

感冒睡掉了五天，所以等到了十一月，不知道能不能拜託檜山請個一週的假？——留美子盤算著。

自小樽回來之後，她和俊國見過兩次面。

第一次兩人單獨見面，是去看電影，看完在青山一家義大利麵專賣店用餐。第二次是去東京巨蛋看職棒賽。是俊國客戶送的門票，留美子雖然對職棒不感興趣，但俊國約了她就去了。

但他們倒是通了好幾次電話，聊了很久。

向他提起中元假期想去看弟弟，是在看完職棒回家的路上。

我很擅長地方火車之旅，我們一起去熊野吧——他的邀約輕鬆寫意得好像在問要不要到附近公園散個步，而且俊國又說和他一起去保證好玩，留美子便毫不排斥地回答：「嗯，那，請你帶我去。」

但後來想到他的邀約方式很像是情場老手的慣用手法，便懊悔萬分。也為聽到一同旅遊的邀約便當下答應的自己感到羞恥。

熊野之行雖然因彼此的工作而中止，但決定中止時的安心和失望，從此不斷擾亂著留美子的心。

這份「擾亂」，留美子認為是出自於自己年長七歲，以及明知十年前的少年的真實身分卻刻意隱瞞的內疚。

自己受到俊國的吸引。但是，那會不會是建立在當時那個十五歲的少年就是上原俊國的前提之下……？而這會不會就是自己最討厭的「驕傲」和「自以為是」……

「得意什麼啊……」

留美子養成這樣對自己喃喃自語的習慣已經超過一個月了。

同時，雖然在心裡這麼說、警告自己，卻也不禁夢想著日漸接近的十二月五日。

她忍不住會想：今年的十二月五日，上原俊國會怎麼做呢？或是，俊國會不會已經知道冰見留美子早就發現寫那封信的人就是他？

——謝謝你替我擔心。我的感冒好像終於好了。明天早上，要去美容院剪頭髮，然後去上班。——

這樣給俊國回信之後，留美子注視著花早就謝了、獨留乾枯的莖徒然挺立於花盆中的蘭花，心想要去請教佐島老人該如何讓蘭花再開花。

佐島老人那次在浴室裡受了重傷留下了後遺症，現在幾乎足不出戶。並非傷勢對肉體造成什麼影響，而是讓他對跌倒這件事深為恐懼。

為此，佐島老人走起路來小心翼翼，才幾個月就顯得老了許多。

留美子隔著後面的牆和來佐島家幫忙的阿姨交談，因而知道令佐島老人心生恐懼的，不是只有跌倒這件事。

玻璃也成為佐島老人恐懼的對象。因此他不再前往為養蘭所建的温室，浴室的門，也換成了大漢以吃奶的力氣去撞也撞不破的半透明樹脂。

留美子沒看過佐島老人為養蘭所建的大温室，但猜想原本在那裡的許多蘭花得不到照顧只怕都枯死了。

她將佐島老人送的其中三盆蘭花搬到院子裡，隔著牆往佐島家後方看，騎著腳踏車去買東西的幫傭阿姨回來了。

留美子問她該怎麼做才不會讓蘭花枯死。

「這個要問老爺比較清楚。」

她說，從後門消失在廚房裡，但隨即便回來，轉達佐島老人想到冰見家參觀的意願。

「不知道會不會太打擾……」

「哪裡。家裡很亂，但如果佐島先生不嫌棄，要不要現在就過來？」

留美子說。

跟母親說了這件事，正忙著收拾攤在茶几上的報紙雜物時，門鈴響了。那位精神矍鑠的佐島老人，在短短時間內劇變為真正是「步履蹣跚」的模樣，從冰見家門口朝走廊走，說：「哎，真不好意思，厚著臉皮硬是要來參觀。」

他細看走廊的木頭，抬頭看梁柱，又伸手摸了摸牆，「現在已經用不起木紋這麼細又這麼粗壯的杉木了。啊啊，真是好柱子啊。」

趕著擦茶几的母親腳步匆匆地來到走廊，在耳邊悄聲交代留美子去泡紅茶，然後招呼佐島老人。

「不走走，腿力只會愈來愈衰弱呢。」

母親說，領佐島老人進了客廳。

「就是這個吧。您過世的先生引以為豪的茶几。」

佐島老人這麼說，摸摸茶几。

「我兒子媳婦給府上道謝的方式，反而造成您莫大的困擾……我尋思他怎麼會變成那樣一個怪人，結果發現，大概是因為身為父母的我和我內人也是怪人吧。我兒媳婦能和他那個怪人夫唱婦隨，可見本來就是個怪人。」

留美子聽著佐島老人洪亮的聲音，心想，啊啊，只有走路的樣子看起來老了許多，身體和心都還是很健朗的。

「這天花板的梁多壯觀。您瞧，這粗細，這色澤。地板的木板多厚實。這才是人住的房子啊。」佐島老人這麼說，以不容拒絕的口吻承諾蘭花盆栽在下次開花之前，由自己照管。

「我決定回溫室繼續養蘭。到了人生的最後，活著竟然還怕玻璃，也未免太膽小了。」

「您能恢復精神，真是太好了。」

母親請佐島老人坐下。

這個家從開始施工到完成，整個工程自己幾乎都看在眼裡——佐島老人這麼說，然後在椅子上坐下。

「工務店的年輕人和工地現場的工頭經常吵架。工頭大罵這些雜七雜八的木頭，是要教人怎麼蓋房子，卻一副樂在其中的樣子。那塊木板最後用在哪裡呢？是銀杏的一枚板。凡是夠格的壽司店吧檯大多都是厚厚的銀杏一枚板。因為要直接把壽司放在上面，不能用有味道的木頭。而銀杏的木頭幾乎沒有味道，也不容易腐蝕。」

「銀杏的一枚板嗎？」

沒在家裡見過這種木頭啊……留美子邊想邊朝廚房看。沒有壽司店吧檯會用的木板。

「方便讓我也上二樓去看看嗎？」

佐島老人沒碰紅茶，問完從椅子上站起來。

留美子輕輕扶著佐島老人上了樓梯，跑進自己房間，整理一下床鋪，打開窗戶。

「這裡是家父的書房。雖然家父從來沒用過。」

佐島老人對留美子的話點點頭，進了現在幾乎是留美子用來沉思發呆的父親的書房。

「這張桌子也好極了。光是這張桌子，就是寶物了。」

這樣說完，佐島老人從書房朝走廊看，走近那片大窗。

「從這裡，可以欣賞上原家整個庭院啊。庭院本身不大，卻很風雅。自由自在的，與小堀遠州流大異其趣，卻有種說不出的風雅。本來只是個制式的日式庭院，上原太太嫁過來之後慢慢變成現在的模樣。桂二郎先生從小我就認識，但他娶了一個帶著兩歲孩子的媳婦進門時，我也不免有些吃驚。那孩子和桂二郎先生感情也好得令人驚訝就是了。」

或許是認為自己不小心多話了，佐島老人立刻結束這個話題，再度環視書房。

留美子已經知道他口中的媳婦指的是上原桂二郎的亡妻，兩歲的孩子是俊國，但仍像從未知聞般問：「那個兩歲的孩子就是俊國嗎？」

「嗯，是啊。」

佐島老人雖答得含糊仍點點頭，然後朝書房裡那個奇特的四方形洞穴看，說：「就是這個啊，那片銀杏一枚板就在這裡。哦，原來是裁了之後用在這裡啊。這是做什麼的洞穴呢？」

「我也不知道呢。我常常會窩進這個洞裡看看書，聽聽音樂，縮在裡面發呆。我猜想家父在這裡創造出這個奇怪的空間，也是想這麼用的吧……」

原來如此，這本來是一塊銀杏的一枚板嗎。冰見家沒有地方可讓一枚板以原形運用，所以工頭只好把厚厚的一枚板切開，拿來做奇特洞穴的地板嗎……

留美子猜邊想邊領老人走向自己房間。

但是，一知道那裡是留美子的房間，佐島老人只是朝裡頭看看便轉身下樓了。

留美子送佐島老人到家，回來之後立刻上二樓，從走廊的大窗俯瞰上原家的庭院。

是什麼讓上原桂二郎決定要與帶著俊國這個兩歲小兒的女子結婚呢……年輕的桂二郎一定深愛著俊國的母親……自己一家搬到這裡來的時候，曾全家去上原家打招呼，但那時候招呼他們的上原太太的長相，幾乎已從記憶中消失……

留美子邊想邊進了書房。

今年的十二月五日，俊國會在那張地圖標示的地方等我嗎？我該怎麼辦呢……

「我才不去。我才不要做那麼不要臉的事呢。」

留美子撫著據說是銀杏木的洞穴地板，在內心這麼說。

在十二月五日來臨之前，我最好告訴俊國說我已經知道十年前那個少年就是你……

不，在那之前，必須先打探出俊國現在的心意。他是不是現在還喜歡我……

「這實在自戀的可以了。心機太重了。」

留美子在洞穴裡屈起膝，心想自己這一個月到底在心裡重複了多少次類似的自問自答。

問題非常簡單。而且，她要的也不是複雜難懂的回答。

俊國在那封信裡寫的，是單方面一頭熱的「約定」。這個以十年前十五歲這個年紀的少年常有的純情，以及幾分自戀所粉飾的「約定」對他而言令人臉紅，他一定巴不得遺忘或已經遺忘，不，就算忘了也沒有人會責怪。

甚至可以說，俊國若是真的在那張地圖所標示的地點等冰見留美子，反而才嚇人。

而認為他可能會在那裡等我的自己，或許也可以說是個嚇人的人……

「結果就是，我被一個十五歲小鬼耍得團團轉嘛。」

留美子小聲這麼說，故意大大嘖了一聲。然後，頭一次對自己說出了感冒臥床那五天不斷在心中流竄的想法：「要是他等我，我會很高興……可是，我不會去。一個年過三十的女人，誰敢一臉渴望地去找一個小她七歲的男人啊……」

大病初癒的無力感忽然來襲，留美子一出洞穴便進了自己房間，躺在床上。

晚上約好要和上東京的蘆原小卷在東京車站丸之內的收票口會合，留美子為了早點解決工作而直盯著電腦螢幕上一排又一排的數字，檜山鷹雄卻輕輕拍了她的肩。

留美子一回頭，只見檜山面帶笑容，向全所同事說，夏天起到九月底這段期間，把大家操壞了，真抱歉。

「欸——，為了感謝大家，在發年底獎金之前，我想先給每個人奉上一個紅包。」

所有人和留美子都大聲歡呼，朝檜山從公事包裡取出的信封看。

「欸——，一人十萬。大家辛苦了。謝謝大家。」

檜山將裝有現金的信封一一遞給每個人。

大家立刻打開信封，從裡面取出十張萬圓鈔。

「嗙——，會割手的新鈔啊！我好愛這個味道。」有人說。

留美子也準備打開信封時，檜山使了個「別打開」的眼色。於是她進了洗手間，往信封裡一看，裡面有二十萬圓，還付了一張紙條寫著「你的工作量是大家的兩倍」。

留美子回到事務所想不動聲色地表示感謝，但找不到檜山，說他交代了一句要去和新客戶開會，就出門了。

事務所裡充滿了歡欣雀躍的氣氛。

留美子認為自己的工作量不止是別人的兩倍，簡直將近三倍了，所以決定不為此內疚，自言自語地說：「臭小卷，運氣真好……今晚你有『都都一』吃了。」回頭繼續工作。

小卷已經先到東京車站的收票口等了。在計程車上，小卷說她搭早上第一班飛機到羽田，直接進醫院接受檢查，然後去了立川。

「立川？去做什麼？」

「你還記得我哥的那些手下嗎？」

小卷真的就像她自己說的，從上次小樽見面以來胖了三公斤，圓潤的臉頰漲紅了問。

看留美子點頭，小卷便說：「那時候，一直穿著工作服的那個人的姊姊就住在立川。我和他兩個人，去了他姊姊姊夫家。」

然後又說，她要和那個穿工作服的岩崎孝之結婚。

「他小時候父親就過世了，前年母親也走了，最親近的親人就是這個姊姊。所以，為了向姊姊報告訂婚的事，還有把我介紹給姊姊，所以去立川找姊姊……」

岩崎孝之明天一早還有工作，所以搭傍晚的飛機先回去了。

「那個用暗號 Email 跟你求婚的八千丸呢？」留美子問。

「我沒辦法喜歡一個重要的事不敢親口說的人。而且，我生病的事岩崎也全都知道。」

小卷說。

「我們說好要在那個小木屋辦派對宣布我們結婚的消息……下個月會先去

登記。等找到住的地方，再一起住。派對你肯來嗎？」

「要在那個小木屋宴客？好棒喔。我要去，排除萬難一定去。」

「我媽很生氣，說在那種活像鬼屋的廢屋請客太不吉利，可是我哥和他手下都很起勁。那座小木屋裡也有我和他好多的回憶……」

在「都都一」的吧檯坐下之後，留美子為不能喝日本酒的小卷倒了一小杯熱清酒，碰杯祝賀她。

「你做做樣子就好了，不要逞强硬喝。既然要慶祝，當然是吃鯛魚了。」

留美子心想不知道能不能為小卷點一條帶頭尾的烤鯛魚，但又怕兩個人吃不完，便以手比出大小，問年輕的板前師傅：「能不能幫我烤一隻大概這麼大的鯛魚？」

「噢，這麼大的啊……」

年輕的板前師傅也和留美子一樣用雙手來表示大小。

「我們有稍微再大一點的。」

然後從廚房裡抓了一尾鯛魚過來。

「我們兩個吃不完的話，可以打包帶走嗎？」

留美子這麼問，板前師傅回答會以木盒幫忙打包。

「她要結婚了。我想用烤全鯛來幫她慶祝……烤這樣一條鯛魚，大概多少錢？」

板前師傅想了想，說聲請稍候，便消失在廚房裡。

「心意到就好了啦，謝謝你。一定很貴的。」

小卷說，把酒杯端到嘴邊做了喝酒的樣子。

板前師傅一回來，說不必擔心價錢。

「剛才我跟我們大將聯絡，大將說算是我們的賀禮，叫我們烤一條又肥又大的……」

「咦！我不是要你們大將請客才問的！」

留美子制止又回到廚房抓了另一條少說也有四十公分的鯛魚過來，但師傅說：「就拿這條來烤個大吉大利的全鯛。」開始拿三根鐵叉穿進那條鯛魚。「客人教我們的那篇《徒然草》，我們大將寫在一張大紙上，總店的廚房貼了，我們這家店的廚房也貼了，叫我們上工之前要大聲念一遍……現在我們這些板前個個都會背。念出聲音比較好背呢。」

將鯛魚串成活像跳起來的樣子之後，板前師傅望著半空，背出《徒然草》的第一百五十段。

「學藝者常言：『學藝未成，勿令人知。待藝成方始示於人，是為風雅。』如此之人，必一事無成。於學藝未精之際，置身高手之林，不以訕笑為恥，坦然勤學苦練，縱使天分闕如，仍堅持不懈，勤謹以對，假以時日，必將優於不求精進之能人，終臻化境，德高望重，衆口稱善，享無雙盛名。

天下之高手者，初時有不堪之評，瑕釁屢彰。然則，倘嚴守正道，毋妄行擅為，必成當世楷模，萬人之師。此乃諸道不變之宗。」

留美子聽這流利順暢的朗朗背誦聲聽得出神，心想自己也要把這一段背記來。因為她認為所謂的「諸道」並非專指追求特別的技藝之道。

若所有人為的謀生之道便是「諸道」，那麼，應該可以「嚴守正道，貫妄行擅為，必成當世楷模」。無論是工作、愛情、建立家庭、人與人之間的相處往來，若以「嚴守正道」為根本，一定會有豐富的收穫。

留美子一邊這麼想，一邊回想起北海道厚田村那片月夜之海。

在半月下仰飄在海面上的自己，構成一幅聖潔的畫面。她甚至覺得，看著那畫面的自己，便是當時的月亮。
「不知道那座小木屋，會在那裡一直到什麼時候？」
聽留美子這麼説，「我也不知道……真希望它永遠都會在那裡。」
小卷説。
「我以後每年都要去厚田村那個海邊。就算小木屋沒了，每年一到夏天，我一定會去。」
留美子説。然後想到，這是一個多麼微小的約定啊。但是，目前自己能和小卷立下的新約定，恐怕除了這個也沒有別的了。
「我要去那裡仰飄……約好了喔。」
「嗯。希望那座小木屋永遠都會在那裡。我一定要活到七十歲，每年夏天都在北海道厚田的海邊仰飄……要做到這個約定可不容易呢。」
小卷微笑著這麼説。
「七十歲目標太低了。八十五歲好了。等我八十五歲，就算得了癌症也是八十五歲的癌症……已經老得走不動的癌症……」
小卷又接著這麼説，然後説為了結婚必須存錢，所以岩崎孝之下禁令不准她抽雪茄。

「人家我已經無法想像沒有雪茄的生活了……在一天結束之際，好好品味雪茄，然後再鑽進被窩……那種喜悅滿足……聽我這麼說，阿孝都翻白眼了。」

「因為雪茄很貴呀。」

留美子才說完，本來一雙眼睛直盯著鯛魚燒烤火候的板前師傅一臉驚訝地問：「您喜歡抽雪茄？」

「不小心喜歡上的。也不知道為什麼……」

小卷這麼回答，笑著說，就是第一次來你們店的那個晚上才抽到雪茄這個東西。

一整條帶頭帶尾的碩大鯛魚以松竹梅紋飾的大盤盛裝，上了吧檯。

留美子這才注意到她們在「都都一」的吧檯坐下來以後，只點了一瓶熱清酒。而這一大條鹽烤鯛魚則是「都都一」的老闆送的賀禮。

一想到此，留美子趕緊拿起菜單。可是，鹽烤鯛魚份量實在太大，要是又點別的恐怕吃不完會剩下……

留美子看菜單上有「土瓶蒸」，便問：「現在有松茸了嗎？」

「有的，品質很好。」

「是國產的吧？」

「當然啊！我們不用進口貨。是丹波的松茸。從特別管道進的貨。今年夏天太熱，梅雨的雨水又少，所以松茸欠收，但我們用的松茸品質很好喔。」

板前師傅說。本來客人只有留美子和小卷兩個，正猶豫著要不要點土瓶蒸的時候，來了三組客人。

一定很貴吧……好奢侈喔……

留美子雖然這麼想，還是點了土瓶蒸。

「咦？真的嗎？你真的要請我吃這個？」

小卷小聲問。

「嗯，我現在後悔得要命，可是點都點了。」

「點一份兩個人分啦。」

「在銀座的這種店，我不敢做那麼丟臉的事……」

留美子這麼說，又為小卷點了啤酒。

吧檯一下子客滿，本來在廚房裡的其他板前也來到檯前，店裡變得很熱鬧。

小卷靈巧地用筷子夾起烤鯛魚的肉放在盤子上，打開土瓶蒸的容器細看裡面，聞著香氣，說：「我這輩子第一次吃這麼高級的松茸做的土瓶蒸。」

「我是第二次。去年十一月，我們所長在這裡請過我一次。」

留美子說。然後，在用心品味土瓶蒸的近二十分鐘之內，兩個人一句話都沒說。

「日本人真了不起，竟然想得出這麼美味的料理。」

留美子拿手帕輕輕按了冒汗的額頭這麼說，小卷卻說：「只剩四十八天了。」

留美子不明白她指的是什麼，一臉訝異地看著她。

「再四十八天就十二月五日了。」小卷說。

小卷竟然把十年前那名少年信中所寫的事記得這麼清楚，留美子半是驚訝，半是苦笑地問：「你在吃土瓶蒸的時候計算的？」

然後，把她和俊國約好要去熊野卻因為雙方工作的關係中止，以及看電影、看職棒的事告訴了小卷。

「你都悄悄進行呢。」小卷微笑著說。

「可是，我還沒有明白說我早就知道須藤俊國其實就是上原俊國。」

說完，留美子又說了這幾天心裡一直不斷兜著圈子自問自答的事。

「要是我是留美的話……」

小卷笑著說，然後就又不說了。

「要是小卷是我的話，會怎麼做？」

留美子問。

但小卷不答，卻說：「留美子現在把焦點放在十年後的十二月五日那個人會怎麼做，而不是俊國先生對你的感覺，或是你自己喜不喜歡他。」

留美子以為小卷會繼續說下去，但小卷卻不作聲了。

「那樣很孩子氣，很傻喔。」

留美子這麼說的時候，所有板前師傅齊聲說歡迎光臨，然後過意不去地朝客滿的吧檯看，對進來的客人說：「如果請客人擠一擠，可以空出一個人的位子。」

入口的門半開著，上原桂二郎就站在門口。

「您一共幾位？」板前師傅這樣問。

「今天就只有我一個人。」

上原桂二郎回答後，看到留美子，便微微一笑，點了頭。

留美子說她們也差不多要走了，向上原桂二郎介紹了小卷。小卷一知道這名男子就是上原俊國的父親，便從椅子上站起來，說：「我弟弟在等我，我先告辭了。」

然後要讓座。

可是，其他客人也稍微移動挪出了一個位子，所以在留美子鄰座自然出現了可供上原桂二郎坐的地方。

上原桂二郎向客人們道了謝，看到大條的整尾烤鯛魚，便問留美子：「是在慶祝什麼嗎？」

「是的。她要結婚了，所以幫她慶祝。」留美子這麼說。「然後，因為要展開婚姻生活各方面都需要錢，所以決定戒掉她最愛的雪茄。」

「雪茄？蘆原小姐喜歡抽雪茄嗎？」

聽到留美子帶著笑的話，上原桂二郎一臉驚訝地問。

「雖然喜歡，可是一週只抽一根，在放假的前一天晚上抽而已。」小卷說。

上原桂二郎問了小卷抽什麼牌子的什麼雪茄，從上衣的胸口口袋取出雪茄盒。

「這是Cohiba的Esplendidos。本來是古巴總統卡斯楚特別教人做來自己抽和招待賓客的。又粗又長，抽一根要一個半到兩個小時。可是，如果抽到一半不想抽了，可以直接放在菸灰缸上等火自然熄滅，再用保鮮膜包起來，下次想再抽的時候再點火……有人說這是邪門歪道，雪茄一旦點著不抽完，味道和香氣就會變差，但日本人實在沒有那個體力一次抽上快兩個小時的雪茄。這款Cohiba的Esplendidos就算分四、五次抽，味道和香氣都不會變差。這送你當作結婚禮物。雖然只有兩根。」

說完，上原桂二郎向板前師傅要了保鮮膜，將兩根雪茄包起來遞給小卷。

「嗚哇！Cohiba的Esplendidos！長十七點八公分，直徑一點八六五公分，是Cohiba的『邱吉爾尺寸』呀。我還以我這輩都抽不起這款雪茄。」

小卷慎重其事地雙手捧著用保鮮膜包起來的兩根雪茄這麼說。

「能把尺寸說得這麼精確，一定比我更了解雪茄吧。」上原桂二郎笑著說。

「別客氣，請收下。」說完看著小卷。

上原桂二郎點的柳川鍋送上來的時候，小卷說弟弟在等她，看了看表。板前師傅已經把附頭尾的烤鯛魚包好了。

留美子要請店家結帳，小卷制止她，小聲說：「我要搭電車去我弟的公寓，不用送我啦。留美，你就多留一會兒慢慢吃吧？」

然後向上原桂二郎道了謝，離開了「都都一」。

上原桂二郎在留美子的酒杯裡倒了酒，說會用自己的車送她回家，所以如果不嫌麻煩，請她陪他吃完這鍋柳川鍋。

「我們家富子姨今天和朋友去温泉旅行了，所以我回家也沒飯吃。昨天晚上在岡山吃了從京都送去的鯖魚和穴子魚棒壽司。今天吃『都都一』的柳川鍋。這裡的柳川鍋用的泥鰍真的很好吃。」

聽了上原桂二郎的話，「您到岡山是去出差嗎？」留美子問，想幫忙斟酒。但上原桂二郎說十點起要上高爾夫球課，所以酒要到此為止。

「不，不是出差。倉敷附近有個地方叫總社市，我有個年高德詔的朋友住在那裡。我是去看那位朋友。」

上原桂二郎向板前師傅點了白飯和醬菜，然後這麼說。

當上原桂二郎提到岡山時，留美子幾乎是反射性地想到總社市這個地名，因此改變了話題。

「晚上十點才上高爾夫球課？」

「是啊，那是二十四小時的高爾夫練習場，所以只要教練願意，半夜也可以上課。我已經放了那位教練三次鴿子……也不知道為什麼，我約好要上課的日子，晚上一定會突然有事。今晚要是再取消，我就沒有臉見教練了。」

所以手機從岡山機場就一直關機沒打開——上原桂二郎這麼說，然後開始拿柳川鍋配飯，吃完喝了茶。

「走吧。」

對留美子這麼說，

「今天請讓我請客。祝賀冰見小姐的朋友結婚。」

上原桂二郎朝板前師傅使了一個眼色，以不由分說的語氣對正要掏出錢包的留美子又說了一次：「我們走吧。」

然後微微一笑。

司機在「都都一」附近等候。

「上原先生，我們吃了很貴的東西。」

一上車，留美子便這麼說。

「我們吃了土瓶蒸。鯛魚是那裡的老闆送的賀禮。」

「要是請了兩份土瓶蒸社長的錢包就空了，那上原工業就完蛋了。是嗎，土瓶蒸啊……已經是松茸的季節了啊。早知道我不要點柳川鍋，點土瓶就好了。」

聽到上原桂二郎這麼說，司機說今年全國松茸都欠收。每年一到這個時期，他都會去一個在信州的穗高有一片山的朋友那裡採松茸，但今年朋友說到處都找遍了卻一朵都沒找到。

「我那個朋友，從蹣跚學步的時候就被帶去山裡採菇蕈了，對菇類非常了解。聽他說，菇類欠收和人心荒廢有很深的關係。」

司機趁著紅燈暫停的時間，回頭看著留美子這麼說。

「人心……？」

留美子這樣問，視線轉向上原桂二郎。

「是啊，當然，天候也有很大的影響，但我那個朋友自信滿滿地說，菇類會呼應人心。社會上的動亂，菇類都知道。」

「哦，只有菇類嗎？會呼應人心和社會動亂的？」

上原桂二郎問。綠燈了，車子再度向前。

「我朋友對菇類的了解之深入詳盡，連一般植物學者都比不上，對菇類相關的一切是公認的無所不知無所不曉。可是，他說，凡是植物應該都一樣。把樹砍下看年輪，社會動亂的那一年，年輪都又歪又窄。不光是發生戰爭或天災的時候會這樣，山的所有人一家發生不幸的那一年也是……」

司機這樣說，然後輕拍自己的後腦勺，說不該多嘴打擾兩位談話的。

「哪裡，這話很值得深思啊。讓我想起內人過世的那一年，院子裡的大花山茱萸枯掉了。」上原桂二郎說。

說到這，留美子心想，父親過世的那年，阿姨家院子裡種的桂花沒有開花。那株桂花，是父親為了慶祝阿姨家改建買來親手種的。

「那麼，明年松茸也會欠收了。人心荒廢和社會動亂，看來是會愈來愈嚴重。」

上原桂二郎這麼說，然後問留美子：「冰見小姐的弟弟從事木頭方面的工作對吧？」

「是的。特地到美國留學學電腦，回日本的大公司上班，卻突然說要當木匠，就自作主張辭了工作。那是一家一千六百人搶六個職缺的公司……」

聽了留美子的話，「從事製造的人，以後會備受重視喔。日本自古以來就是製造東西的國家。」上原桂二郎說。「而所謂的東西，除了農業、工業，教育也包括在內。」

必須培養人材——上原桂二郎有些大聲地說，

「教育是培育人材的大業，但教育界不明白這一點的人太多了。」

本來好像要繼續說下去的，但上原桂二郎卻露出苦笑看著留美子，說：

「一個中年大叔開始這種長篇大論，年輕人會很為難吧。我們來談談高爾夫球吧……啊，冰見小姐不打高爾夫球喔。有個人一直强調絕對不可以在不打高爾夫球的人面前談高爾夫球。」

「我也曾經想過要不要來學高爾夫球，可是有人威脅我說，女生不好好練上一年是上不了球場的……而且，高爾夫很花錢，我想我應該沒辦法……」

留美子這麼說。

「那要不要乾脆從今晚開始？」

上原桂二郎一臉認真地問。

「我也是打算無論如何先照教練教的練習一年。冰見小姐也從今晚開始，抽出時間來上一年的課。一年後，我們一起上球場打球。就當作是為了增進健康，來動一動吧。用一年的時間偷偷練習，讓冰見小姐的老闆看看你的厲害，也是相當有意思的計畫啊。」

「今晚開始嗎？」

留美子無法判斷上原桂二郎是不是開玩笑，便這麼問。

「對，若不下定決心踏出第一步，什麼事都做不成嘛。」

「在回到家之前，請讓我考慮一下，我不確定自己是不是有把握能好好持續練習一年。」

留美子說。然後覺得，就算無法每次都在同一天一起練習，但能夠有時間與上原桂二郎這個胸懷寬廣、恢宏大度的「父親」般的人物相處，是難能可貴、無可替代的。

一年後，萬一要是真的勉強上得了高爾夫球場，在檜山的桌上留下挑戰書……

留美子想像著屆時檜山的表情，不自禁地微笑了。

「好。我就從今晚開始練習高爾夫球。先上一年的課，好好練習。」

這樣說完，留美子才發現距離自己說要考慮到回家還不到三分鐘。

「好，這樣我就有伴了。」

上原桂二郎笑著說，以有點逗趣的動作拍拍司機的肩。

「如何，這麼漂亮的小姐要當我的球伴喔。羨慕吧！」

「要是只有冰見小姐一個人愈來愈厲害，我可幫不了忙喔。」

司機也笑著這麼回答。

「今天路上車不多呢。」

然後低聲這麼說，稍稍加快了車子的速度。

留美子偷偷看上原桂二郎的側臉。因為她覺得這位上原工業的社長臉上流露出與以前不同的感覺。

就留美子與上原桂二郎為數不多的接觸裡所感覺到的，他是個彬彬有禮的人，絶不狂妄自大，卻令人不敢親近，而這也正是上原桂二郎其人的魅力。但是，今晚的上原桂二郎似乎比平常更加難以接近，同時卻又給人一種類似内心包容一切的安心感……留美子無法不這麼想。

能讓四周的人安心的人……是嗎，原來上原桂二郎是一個這樣的人啊——留美子心想。

這個人才五十四歲。喪妻已超過四年。也有再婚的可能……

留美子本想問是不是發生了什麼好事，但決定算了。然後誇獎自己沒有隨便問出口。心想，也許我也稍微朝「成熟穩重」靠近了一點點。

車子在冰見家和上原家門口停車。

「那麼，三十分鐘後在這裡碰頭。」

上原桂二郎這麼説，打開了門，從長褲口袋裡取出鑰匙。

俊國今天應該會從關西出差回來，但看來似乎還沒到家，門口的燈並沒有亮。

留美子匆匆換了衣服，穿上運動鞋，跨上腳踏車，來到上原家門前。在上原桂二郎出來之前，留美子一次又一次凝目朝車站方向的路看。希望俊國會不會回來期盼愈來愈强烈。
「我會去喔。」
留美子小聲朝著晚上無人的路說。
「十二月五日，到地圖上的那個地方去。」
留美子認為，即使俊國沒有在那裡等她，也無所謂。
「我去過了喔，十二月五日我去了總社市的那片田。」
我要這樣對俊國說。俊國一定會很愧對我吧。
留美子這麼想，甚至希望俊國不要去。她告訴自己，為了這一點，自己絕對不能主動告訴他十年前那封信的事。
推著腳踏車從大門後出來的桂二郎只帶了一根高爾夫球桿，車斗上載著鞋盒。
「冰見小姐的球桿就向練習場租吧。他們也有好幾種女性用的球桿可以租。」上原桂二郎說。
「教練叫我暫時只用這把六號鐵桿練習。我剛才已經打電話到練習場給教練，說有一位年輕小姐是如假包換的初學者，也要麻煩他了。」

「上原先生，以後請直接喊我留美子就好了。」

留美子與上原桂二郎並肩騎著腳踏車，這麼說。

「好，以後我就叫你留美子。」

他們在住宅區右轉，過了大馬路的十字口，又進了另一個閑靜的住宅區。

「俊國還沒有從關西出差回來吧？」留美子問。

「是啊。不過，應該已經到東京了吧。我在廚房留了字條給他，說我和留美子去練習高爾夫球了。等他回家看到紙條，一定會大吃一驚。」

遠遠夜空中，有一小部分是亮的。上原桂二郎以六號鐵桿指著那個應該是被探照燈照亮的地方，說「就是那裡」。

留美子心想，俊國應該向他父親說過和我去看電影、看職棒的事了吧。

「我和俊國會互通 Email。」留美子說。

「聽說了。我自己的電腦已經好久沒打開了。」

「為什麼？」

「因為沒有人會寫 Email 給我。政經方面相當有閱讀價值的網站，我都在公司的電腦上看。五十四歲的歐吉桑看電腦螢幕很吃力啊。」

說完，上原桂二郎笑了。

高爾夫球練習場的停車場停了幾輛車，一樓和二樓的球道上，僅各有二、三人在打球。

留美子在附設商店裡買了高爾夫球用的手套，與上原桂二郎一起上了二樓。

「據說這個時間人最少。一過半夜一點，有時候還會客滿……」

「半夜一點人才開始多？」

「聽教練說，晚上要上班的人下班之後會來練習。這些人一走，就換當天要上高爾夫球場的人來練習。會進步的人心態就是不同啊。早上四點就來這裡，先打上幾十球再上球場，這種本事我一輩子也學不來。」

然後上原桂二郎說這是教練教他的高爾夫球伸展操，在留美子面前示範手腕、肩、背、腰等各部位的暖身操。

「總之，要是不好好暖身伸展，就會像我一樣肋骨裂開。」

因為這句話，留美子也學著上原桂二郎活動關節和肌肉。

等這些做完了，接著換腿部的伸展。光是活動大腿內側的肌肉、膝關節、小腿肚和腳踝，留美子就開始冒汗，有點喘了。

「我已經累了。可見有多運動不足。昨天試穿了去年這時候買的裙子，好緊。腰一定至少大了兩公分，把我自己嚇壞了。」

「那一定是裙子縮水了。」

上原桂二郎微笑著這麼說的時候，一個三十多快四十歲的高個子朝他們走過來。看起來不像高爾夫教練，更像誠正樸實的學校老師，說他姓大森，問：

「冰見小姐完全沒有接觸過高爾夫球？」

「是的。只打過五、六球來玩。」

留美子這麼回答，深深行禮說請教練多多照顧。

「今天，冰見小姐一球都不用打。從練習握桿和瞄準開始。」

教練這麼說，開始上課講解高爾夫球的球為什麼不會直飛而會彎曲。

「所以，只要明白其中的道理，就會明白該怎麼做球才會直直飛出去，對不對？」

留美子對教練的講解似懂非懂，但回答對，照教練教的方法握桿。

接著也照教練教的做出瞄準的姿勢。

「這些動作要反覆練習。拿起球桿，進入瞄準姿勢，就要做出標準的握桿和瞄準姿勢。要不斷反覆練習。直到能夠自然而然做出握桿和瞄準為止。」

留美子本來想，講半天，很簡單嘛，但實際去做，卻不是那麼一回事。

教練叫上原桂二郎用上次教的揮桿打五、六球。

「請想像一下桿頭行經的軌道。要揮桿，不是揮身體喔。」

上原桂二郎先空揮幾次，然後打了五球。連一球都沒有直飛。

後面響起教練說這是因為都是用慣用手使力，留美子假裝那裡有球，繼續重複握住球桿、瞄準的一連串動作。

「冰見小姐，背要挺直。」教練說。

同樣的動作連做三十次之後，留美子覺得腰好痠，要做出教練教的正確動作變得很吃力。明明連一球都還沒有打，就膝蓋發抖，十根手指都好痛。

「對，就是剛才那樣。剛才那一球就很好。」

聽到教練的聲音，留美子的視線也跟著上原桂二郎打出去的球飛。球飛到「一百八十碼」的標示前。

教練說，繼續照這個樣子打，便朝辦公室的方向走了。

「教練說要去拿攝影機。」

上原桂二郎說，朝留美子微笑。留美子報以微笑，才發現上原桂二郎微笑的對象不是自己。朝著那個方向看過去，不知何時來的俊國就站在那裡。俊國雖然穿著西裝打著領帶，但在高爾夫練習場的燈光之下，脖子以上的部分特別白。

留美子差點失聲驚叫。因為十年前那個少年的臉就出現在那裡。

「嚇我一大跳。」

俊國說，在球道後面的椅子上坐下。

「回到家，餐桌上就有一張『我和冰見小姐去練習高爾夫』的紙條……」

「我從今天開始打高爾夫球。」

留美子說，攤開紅通通的手心給他看。

「看起來很像打了一百球吧？可是我連一球都沒打。而且，已經快虛脱了。腰和膝蓋都發軟了……」

「我想把留美子帶進高爾夫這個惡魔的世界。」

上原桂二郎說，坐下來拿手帕擦汗。

「正確的握桿，正確的瞄準。在能夠自然而然做到之前，要反覆練習……在做得到之前，我一球都不打。等著瞧吧，我一定會變得很厲害的。」

聽留美子這麼說，俊國便拿了一顆父親球道上的球，放在留美子的球道上，說：「打一球試試嘛？不打球很沒意思吧？」

「才不要呢，在老師說可以打之前，我都不打。照老師的話去做，才叫『學』不是嗎？」

留美子這麼說，俊國便拿走留美子手中的七號鐵桿，打了球。桿頭只差到球而已。俊國苦笑著把那顆只滾了四、五十公分遠的球放回父親的球道上，小聲說：「可惡。」

「好了，不要妨礙留美子。」

上原桂二郎笑著這麼說的時候，教練帶著架在三腳架上的攝影機回來了。

留美子再度展開握桿與瞄準練習，上原桂二郎則繼續打球，讓攝影機在正後方拍自己揮桿。

重複練習了將近二十分鐘的瞄準姿勢，腰和腳都開始發抖，留美子站不住了，便在俊國旁邊的椅子坐下來休息。

「俊國也開始打高爾夫球嘛？」

留美子甩著只是握著球桿就握到發麻的雙手說。

「我薪水還很低……在日本打高爾夫球很花錢的。」

俊國這麼說。

「地方鐵道之旅，什麼時候要去？」留美子問。

「我朋友建議我去予土線。」

「予土線在哪裡？」

「從四國愛媛縣宇和島站到高知縣不知道哪個地方，是開在山間的鐵路。伊予的予和土佐的土。朋友說，其中有一段是沿著四萬十川的上流走，很漂亮。」

「四萬十川的上遊啊……那一定很美。什麼時候去？」

「我請了十二月初的假……加上週末一共六天。我從今年一月就拜託老闆讓我在那個時間休假了。這麼早遞假單，無論到時候有什麼事應該都請得到吧。」

「你一月就計畫好要去予土線這條鐵路旅行？」

留美子掩飾了一絲失望與生氣，這麼問。

「不，不是的，休假是為了去看爺爺請的，我是想，要是留美也能去的話，我們就在松山或高知找一個地方會合，再去搭予土線。」

「你喜歡我嗎？」

留美子的視線落在自己手上，這麼問。嘴巴怎麼自己動了，話不受控地吐出來——留美子在這樣的想法中，再也無法忍耐。

「嗯。」

俊國只應了這一聲，便不說話了。

「十年前，我才剛搬到現在這個家，就有一個男孩子在車站附近給了我一封信。」

留美子這麼說，然後把信的內容告訴俊國。她覺得不可以看俊國的臉，便一直望著上原桂二郎打出去的球，

「我不記得他的名字，信也丟了……俊國，你覺得過了十年，他會在那個有很多蜘蛛在天上飛的地方等我嗎？」

留美子問。

「今天就到此為止吧。」
教練的聲音響起。上原桂二郎擦著汗，和教練一起盯著剛才錄影的畫面，對教練的建議點頭。
接著教練要留美子拿七號鐵桿瞄準給他看。
留美子從椅子上站起來，戴上手套，做了瞄準的姿勢。心跳直響到頭頂。
「啊，冰見小姐很有天份。瞄準已經做得很好了。女性一開始瞄準通常都軟軟的沒力氣，但冰見小姐的瞄準已經可以揮桿了。下次就來練習記住揮桿的軌道。請先買好高爾夫球鞋。」
教練說完，便回辦公室去了。二樓的球道上現在沒有客人，一樓的兩位客人也正在準備離開。
上原桂二郎把腳踏車的鑰匙給了俊國，要他交出車子的鑰匙，
「你和留美子騎腳踏車回去。我要開車先回家洗澡。前胸背後都是汗。可見得我之前的揮桿有多偷懶。」
說著，朝留美子微微一笑，揮揮手走了。
留美子決定要再拿七號鐵桿練習二十次正確握桿、瞄準，便在心裡默數，

重複做同樣的動作。

做著做著，她想到，上原桂二郎會不會早就什麼都知道了？

俊國在自動販賣機買來了罐裝茶，遞給留美子。

「那小子，一定會去地圖上的那個地方的。」

他說。

「我有預感。」

「為什麼？」

留美子問。

俊國像是故意避開留美子的視線般，望著高爾夫練習場最遠處標示著「兩百三十碼」的網子。

「我比他大七歲……」

留美子說。覺得心中有一隻堅毅的蜘蛛開始吐絲想飛上天空。

「七歲算什麼……」

俊國說完，輕聲一笑。

然後，開始說起自己的祖父、已故的母親、上原桂二郎這個沒有血緣關係的父親。

留美子坐在俊國身旁，望著不斷述說的俊國，把自己的嘴唇貼在他的臉頰上。俊國也報以同樣的動作，說：「謝謝。」

留美子覺得，沒有任何話語比這更真心。這平平無奇的兩個字中，也包含了自己的萬千思緒。

留美子也回了同樣的兩個字，然後說：「我研究了一下會飛的蜘蛛。我去圖書館借了一本叫《飛行蜘蛛》的書，一個叫錦三郎的人寫的。在東北地方，這叫作『迎雪』。」

「嗯，那本書我也看過。」

俊國說，每當自己心生怨念，覺得這些感覺要弄髒自己的時候，總是會痛罵自己，你連蜘蛛都不如嗎！

「高中的時候，有一次，就那麼一次，被老爸臭罵了一頓，我就離家出走，因為沒地方可去，所以跑到岡山的爺爺那裡，說我不想再回目黑的家了，想在這裡和爺爺一起住，結果爺爺說『你連蜘蛛都不如嗎』……」

留美子原以為除了他們沒有別的客人了，但並非如此，一樓的球道傳來了清脆的打球聲，一顆高爾夫球發出劃破空氣般的聲響飛出來。

球到了兩百三十碼的網子前還繼續加速，以破網之勢撞上網子。網子大大凹陷。第二球、第三球也以同樣的球道幾乎打中同一個地方。

「跟飛彈一樣。」留美子說。

「那不是業餘人士打的球。」

俊國也說。

從留美子和俊國坐的地方看不到打球的人。

留美子又一次輕聲向俊國說：「謝謝。」

注視以一定的節奏打出來的高爾夫球那迷人的球路。

厚田村海邊的半月在心中浮現。留美子把嘴唇湊到俊國耳邊，幾乎要碰到他的耳朵，悄然耳語：被擊出的高爾夫球，看來有如飛向那半月的勇敢蜘蛛。

最終章

一進十二月，上原桂二郎便帶著祕書雨田洋一前往台灣。

直到十一月中，桂二郎才知道那個夏天清晨在輕井澤以一身委實太突兀的華麗旗袍來見他、留下絲毫未解的難題離開的謝翠英，兩天後便回台灣了。

桂二郎是從吳倫福由台灣打來的電話得知此事的。

「吳先生，你一直纏著一個那麼年輕的女孩，不明不白地威脅她，到底有什麼好處？我自從在輕井澤見過翠英小姐，就一直在等吳先生你的聯絡。詳情我幾乎什麼都不知道，但俗話說，雞飛蛋打兩頭空。吳先生只該專注一頭。而我認為那不是翠英，而是我。」

桂二郎對吳倫福這麼說，他已有所準備，寧可比懷表的賠償金三百萬多賠一點。

這並不是為了翠英。他必須將須藤潤介為亡子所存的三百萬鉅款付給名正言順的受款人。如今沒有任何人知道吳倫福究竟是不是名正言順的受款人。既然如此，只要將吳倫福這隻煩人的蒼蠅從翠英和自己身邊趕走，然後了結須藤潤介多年來擱在心頭的這樁心事，事情就算完滿解決。對潤介而言，只要有賠償金已確實支付了這個事實即可。重點不是付給「誰」，而是付給「想要的人」。桂二郎這麼決定。

「我也希望結束這場遊戲。才會致電的。」吳倫福說。「為此，我必須得到謝翠英小姐和她哥哥的同意。那只昂貴的懷表似乎有很多與我無關的淵緣，但去世的鄧明鴻女士就只有翠英小姐和她哥哥這兩個血親。」

吳倫福不正面回答桂二郎這番話，說到台灣來時要聯絡他，留了電話號碼。

「台灣？你要我到台灣去？」

「台灣很近。和去沖繩差不了多少。台灣很溫暖，藥膳料理既好吃又有益健康。還有很多手藝超群的按摩師。來一趟愉快的台灣旅行，順便將那筆錢交給我，這樣一切就都解決了。」

那筆錢？是嗎，三百萬就行了是嗎。他竟然沒有往上加碼……桂二郎這麼想，說依照目前的狀況，可以在十二月初排出三天的時間，便掛了電話。然後當晚前往橫濱中華街去找呂水元，說明了事情的原委，請他告知翠英在台北的住址電話。

「對付錢的上原先生沒有隻字半語的威脅。這個姓吳的，明明是奸惡小人，卻聰明又執拗。布下了羅網，慢慢收攏，一步步計畫，迫使上原先生把錢付給他。吳倫福手上就只有翠英這張牌。光是輕輕推倒翠英這塊骨牌，其他的骨牌就會一路倒下，一直倒到託給上原先生的那筆錢。」

呂水元苦笑著說，然後遞給桂二郎一張名片，說萬一發生什麼麻煩，可以找這個人商量。

「我想，應該不至於發生什麼麻煩……麻煩的，可能是翠英。男人總是被女人擺布。無論是哪個女人，都難纏又可怕。」

呂水元的苦笑變成柔和而平靜的微笑。桂二郎發現自己也在微笑，想起了身穿旗袍的翠英，說：「中國紅軍在長征後攻下首都北京的那個早上，聽說當時還年輕的周恩來以日語大喊：『你們可別被四千年來的脂粉味給迷倒了！』激勵累極癱睡的士兵。這是一位與中國關係密切的財界人士告訴我的，不知是真是假就是了。」然後辭別了呂水元。

「真不該帶毛衣來的。好熱啊。」

在機場上了計程車，將手表撥慢一小時校準成當地時間後，雨田洋一邊脫西裝外套邊說。

「不跟你說過台灣是南國了嗎？從台北往台南走，還會跨越北迴歸線。」

桂二郎說，望著高速公路上密密麻麻的車陣，以及夜空一角多半是台北市的一團微光。

心頭浮現了頗具頑固職人氣質的矮小呂水元的微笑。呂水元一定看穿了我是以男人的眼光來看翠英的吧。搞不好，他誤以為我和翠英之間有男女關係。否則怎麼會為了付錢給一個來路不明的男人，特地在這忙碌的十二月跑到台灣去。

但事實並非如此。我此行是為了實現我與俊國的祖父之間的約定。有一段時期，我內心不斷想像的翠英的裸體，如今有如大夢初醒般消失得乾乾淨淨。若說還剩下什麼，就只有那個輕井澤的清晨，我對翠英採取了那種棄之不顧的態度所產生的後悔。

那時候，我覺得翠英的話不盡真實，但我的態度之所以明顯有異於之前的親切而可能讓翠英覺得我嫌她麻煩，並不是因為這個緣故。我是希望自己對翠英清晨以旗袍出現在輕井澤飯店大廳那幼稚的企圖無動於衷。

是新川綠這女孩的存在，促使那天清晨的我這麼做。或者，如果真有所謂的預感，那麼也許我的精神某處，早就感應到那天綠會突然出現……

一個有些禁欲主義、卻又有些自以為風流倜儻的自己想嘲笑自己，但一方面也是為了彌補那個夏天的早上對翠英的虧欠，才應吳倫福的要求帶著錢來到台灣。

上原桂二郎這麼想著，看了雨田正埋首研究的台北市地圖，問：「飯店在哪裡？」

「台北市中心偏東南方的地方。是一家蓋好才七年左右的新飯店。位於敦化南路，所以應該在這一帶吧。」

雨田指了地圖上的某一點。

「以我們日本的地點來比喻，這飯店的四周『億圓豪宅』林立，有東京白金台的味道。」

「你很熟嘛。」

「我去跟旅行社一個拍胸脯保證台灣的事都可以問他的窗口惡補過了。」

這次不是為了工作，而是社長私人出國旅遊，因而使雨田的語氣比平常來得輕鬆愉快——桂二郎想到這裡，注視著以各色馬克筆畫的圈圈、叉叉、三角形，問：「這個記號是什麼？」

「我工作用的暗號。」

「暗號……只有圈圈、三角形和叉叉的暗號嗎？一下子就能破解啊。圈圈是什麼？」

「暗號就是要保密。」

「圈圈應該是吃的。台灣菜餐廳、粵菜餐廳、北平菜餐廳、川菜餐廳……」

「餐廳是三角形。」

雨田這麼説，然後折起地圖，收進大肩背包裡。

在決定台灣行的日期前，桂二郎與謝翠英通了三次電話。因為他必須獲得翠英的承諾，才能把懷表的賠償金交給吳倫福。

第一通電話裡，翠英以有點鬧彆扭的語氣説這件事自己不能作主。必須與哥哥商量，但哥哥還沒下班回家。

第二天，桂二郎打了第二通電話，翠英表示哥哥個性優柔寡斷，遲遲做不出決定。被吳倫福那種陰森詭異的人糾纏，可能有人身危險，只想及早從這種日子解脱，但也不想錯過能不勞而獲日幣三百萬鉅款的幸運。即使是單純的計算，這筆錢在台灣也有超過日幣一千萬的價值……昨天深夜回到家之後，哥哥說來說去都是這些話，沒有進展。

桂二郎完全不發表自己的意見。他認為這件事要由翠英和她哥哥來決定。

第三通電話還是看不到結論，於是桂二郎說：「俗話說，渴不飲盜泉之水。」

「到全？是哪兩個字？」

桂二郎解釋了那兩個漢字後，翠英回答她認為自己也應該這麼做。

「上原先生要見那個人，把錢交給他是嗎，特地從日本來台灣……」

低聲這樣說之後，翠英說，她不要再和自己的哥哥商量了。

「那我要把錢交給吳倫福了喔。」

「好的，麻煩您了。等您到了台北，可以再打一次電話給我嗎？我帶您去吃好吃的台菜。請讓我作東。」

「我會從飯店打電話給你。不過，我想把錢交給吳倫福之後，再讓你請客。」

事情一談定，桂二郎立即打電話給人在台北市的吳倫福，但吳倫福直到三天後才接電話。這三天之中，桂二郎將這個沒有人接的電話號碼撥了十幾次。

進了位於飯店三十六樓的房間，從面西的大窗戶眺望了分不出是陰天還是因廢氣而陰鬱的天空，桂二郎在沙發上坐下來。

「台北的大馬路，條條像大阪的御堂筋呢。」

雨田從冰箱裡取出礦泉水，倒進房間裡的電熱水壺，邊燒開水邊說。

「市區規畫倒是跟京都很像。跟棋盤一樣，很好認。」

桂二郎說完看了看表。從中正國際機場到市中心約四十公里的路程，因為塞車，花了一個小時又四十分鐘才到飯店。

「塞車的狀況比聽說的還嚴重呢。機車的數量也很驚人。聽說台北市因為停車場很少，騎機車通勤的人愈來愈多。」

雨田邊說邊將桂二郎脫下的西裝上衣掛在衣櫥裡的衣架上，然後問晚餐如何處理。

「你想吃什麼？」

「我都可以。社長想吃什麼？」

「我沒什麼食欲。剛剛才足足坐了一小時又四十分鐘走走停停的計程車啊。」

「我會待在房間裡。請社長隨時打電話給我。吃粥如何？在這附近有『清粥小菜街』。走路過去大概十五分鐘吧。聽說台灣的粥很清爽，合我們日本人的口味。」

雨田出房間之後，桂二郎取出記事本，打電話給吳倫福。

「歡迎來到台北。」吳倫福一接電話便以低沉的聲音說。「您想必已經累了，但可以請您朝機場方向稍稍回頭嗎？」

「現在嗎？」

「是啊。上原先生一定也很想及早擺脱我這種人吧。」吳倫福說了一家店的名字。

「大概每個計程車司機都知道這個地方。是喝茶的店。中國大陸叫作茶館，台灣叫作茶藝館。我也現在出發，但我想上原先生應該會先到吧。」

說完，在桂二郎回話之前就掛了電話。

雖然一想到又要回到塞車的車陣當中就懶得動，但能夠在今晚就把麻煩事解決倒也求之不得。

離開日本時，桂二郎就打算要自己單獨會吳福倫，但認為還是帶雨田同行比較妥當。雖然認為應該不至於，但這裡畢竟是外國。和看來便力大無窮的雨田在一起，應該會減少意外的機率吧。

桂二郎打電話到雨田的房間，說：「我現在要去見一個人。見了他之後，我在台灣的事就辦完了。雖然這是我的私人行程，和工作無關，不過你願意和我一起去嗎？」

「當然願意。」雨田這麼回答，不到一分鐘，桂二郎房間的門鈴就響了。

計程車進了與剛才來時反向的高速公路，但在與中正機場還有相當距離的地方，便下了高速公路走一般道路，朝故宮博物院行駛。

計程車在遠離市中心但仍有複合式大樓林立、車流量也很多的十字路口轉了彎便停車，司機指了指腳踏車行旁邊唯一一家茶褐色木牆的房子。厚厚的一枚板招牌上，店名之下寫著「香茶坊」。

「啊，就是這樣店了。書上說這家茶藝館在台灣很有名。」

雨田讓桂二郎看了旅遊書上的店內照片，然後付了車錢。

店內非常安靜，只聽到瀑布聲。有座假山，瀑布就是從那裡流下來的。水池裡十幾條錦鯉悠游其中。水池四周安排了桌位，牆的一角則是要脫鞋才能進去的日式桌位。店裡只有兩組客人。

桂二郎和雨田一起在水池旁的桌位坐下來，再次打量老舊的木牆、梁柱和水池四周的扶手。二樓也有座位。日式座位區則各有名字。

「感覺好像回到中國古代啊。」

聽到桂二郎這麼說，雨田又翻開旅遊書，說明：「書上說，店內的裝潢是蘇州庭園風格。」

「等那個人來了，麻煩你回避一下。移到後面的座位就可以了。」

「好的。不過人好少啊。那邊兩組客人好像也是日本人。這裡大概是觀光景點吧。」

穿著旗袍的年輕女服務生送上菜單。

「嗚哇！好貴！社長，這裡好貴啊。茶資和入座的茶水費是另外算的。光是坐也要付錢。應該就是所謂的開桌費吧。對一般台灣人來說太貴了。兩個人就要花上大約三千圓。」

雨田悄聲說。桂二郎隨便指了菜單裡一人份兩百五十元的茶，摸摸套在馬球衫外的夾克內口袋裡的信封。信封是離開飯店時從旅行箱拿出來塞進夾克內口袋的，那時候桂二郎才發現自己不小心觸犯了關稅法。雖然不知道台灣的關稅法如何規定，但帶三百萬圓現金入境，不管是哪個國家，應該都必須申報。

儘管入關時幸運沒被盤查，但萬一被查的話，我現在……

一這麼想，桂二郎莫名起了一肚子火。這把火像是在氣吳倫福，卻也像是針對翠英。

我完全是白費功夫。這筆錢明明只要交給翠英就行了。然後，再由翠英，或是她哥哥交給吳倫福才對。我只不過是為了要將自己對翠英那具年輕的肉體的妄想——叫淫念比邪念更正確——正當化，扮演一個明理親切的紳士罷了。

原以為我已經告別了對翠英的妄想，但看來並非如此。現在妄想仍蠢蠢欲動。一個與好幾個國家都有貿易往來的公司社長，竟然忘了關稅法，犯了未經申報就帶大筆現金到國外這麼愚蠢的錯誤……

說粗心忘了申報，有誰會相信……

女服務生送來了茶具與裝有熱水的沉重鐵壺，以及加熱用的瓦斯爐。

由於他們不懂得如何泡茶，雨田便比手劃腳地請女服務生示範。

拿起小小的茶杯喝熱茶時，桂二郎心中對自己的怒氣仍未平息。

這筆錢就不要交給吳倫福了。交給翠英，或翠英的哥哥才是正道。俊國的父親弄壞了翠英外婆的懷表。不管那是不是贓物，都不是重點。也不要和翠英在台灣見面……只要把錢以合法的方式從日本寄給翠英就行了。

桂二郎這樣決定。

「我們走吧。」桂二郎對雨田說。

「咦？要走……」

「那不是個什麼讓人想見的對象。」

雨田喊了女服務生要結帳。桂二郎制止了他。因為他想起了要將這筆未經申報就帶來的三百萬圓現金帶回日本，必須經過日本海關。

「你能不能幫我把這個交給這個人？」

桂二郎從夾克的內口袋取出裝有現金的信封和記事本，一面對雨田說。

「給一個叫謝翠英的女人，或是她哥哥也可以。哥哥名叫謝志康。住址和電話在這裡。你帶我的名片去。我會在名片後面寫幾句話。」

桂二郎在自己的名片背面寫下：「我臨時有急事必須趕回日本。這三百萬便交由貴兄妹處置。」

「今晚辦完這件事，明天起就可以放心玩了。不好意思啊，要你忙我的私事。」

「這是錢嗎？」

「對。裡面有三百萬。」

「要跟對方拿收據嗎？」

「要。」

雨田離開了茶藝館。他如巨石滾動般的背影，在桂二郎看來極其可靠。

吳倫福大約十五分鐘後抵達。他穿著大格紋夾克，拿著手杖，略拖著右腳走來，邊在剛才雨田所坐的木椅上坐下，邊說：「讓您久等了。」

桂二郎看看表，應道：「是啊。我四十分鐘前就到了。」

「我住的地方離這裡很遠。再加上又一直攔不到計程車。」

「你讓我等的這四十分鐘裡，我生起氣來，」

桂二郎向吳倫福說明理由。

「要是被查看行李，我很可能就會被送進貴國的監獄。一這麼想，我就生起吳先生的氣，也氣自己怎麼這麼笨。」

「您這叫遷怒吧？」

吳倫福望著雨田用過的杯子，問：「有人和您一起嗎？」

「十五分鐘前，我的祕書還在。」

看看剩下的茶葉的量，吳倫福向女服務生要了新的茶杯，拿鐵壺給茶壺加了熱水。

「我氣著氣著，就臨時改變了主意。這筆錢，不應該由我交給吳倫福先生。應該要交給鄧明鴻女士的孫子才對。吳先生儘管去向那兩兄妹拿錢。這樣才是最正確的做法。」

吳倫福把要送到口邊的小茶杯放回桌上，問：「然後呢？」

「我把裝了三百萬的信封交給我的祕書，要他送去給謝翠英小姐了。我叫他萬一要是見不到謝小姐，交給她哥哥謝志康先生也可以。」

吳倫福無言地望著桂二郎一會兒，瞇起眼睛，皺起眉頭。然後低聲說：「您說什麼？」

「那只懷表是誰的、有什麼來龍去脈，都與我無關。與賠償損壞費用的人也無關。你不這麼認為嗎？這件事，吳先生與謝家兄妹自行商量即可。仔細想想，吳先生頭一次移樽來我公司的時候，我就應該這麼說的。結果還繞了這麼大一個圈子。」

「您的祕書是什麼時候離開這裡的？」

吳往西裝內口袋掏摸，邊取出手機邊問。

「二十分鐘前，不，也許已經三十分鐘了。」

吳倫福沒撐枴杖，拿著手機走到水池另一側廁所附近，打了電話。瀑布聲讓桂二郎聽不見吳倫福的聲音。

桂二郎也想到他可能是在找同夥來加害於自己，卻沒有想到要逃。雖然是考慮到即使逃了，對方要查出自己投宿的飯店也是輕而易舉，但主要是因為他很神奇地，竟然完全不感到恐懼。以手機和人通話的吳倫福的表情，有著近乎滑稽的狼狽。

拖著腳回來的吳倫福，扔也似地將手機放在桌上，喝了茶，然後點了菸。

「那對兄妹住的地方，離這裡大約十分鐘的車程。上原先生的祕書應該已經到了，把錢交給謝志康了吧。」

吳倫福說，然後以中文喃喃說了什麼。

「你剛說什麼？」

桂二郎問，吳倫福便答：「我說，和女人聯手合作沒好事。其實根本不必把上原先生叫到這種地方來，我去飯店就行了。我原本也是這麼打算的……真不知道女人到底在想什麼……」

說完笑了。

你們鬧內鬨不關我的事……桂二郎這麼想，取出錢包想付茶資。

「我要告辭了。我在台灣的事辦完了。……也許還沒有完。得看我的祕書是不是好好到了謝翠英小姐家。」

吳倫福以充滿自嘲的笑容回報桂二郎這幾句話，然後又在自己的茶杯裡緩緩倒了茶。

想叫女服務生的時候，桂二郎才發現自己又粗心忘了還沒有將日幣換成台幣。這家茶藝館不可能願意收日幣。這下別說付帳了，連計程車都無法坐……

桂二郎向吳倫福說明了原因，問這家店是否能使用信用卡。吳倫福一手托腮，伸出另一隻手。

「我跟你換吧。我身上有五千塊台幣。」

說完，像是要擠出什麼塞住的東西似地，以鼻子無聲嗤笑許久。

「您特地從日本遠道而來，這裡就由我買單吧。不過，您的計程車費我可不想付。換個兩千圓日幣，應該就足夠上原先生搭計程車回飯店了。」

桂二郎給了他二張千圓鈔，吳倫福說雖然不知道今天的匯率如何，但差不多是這樣，然後把幾張紙鈔和硬幣放在桌上。

讓這個人請喝個茶倒也不為過。桂二郎這麼想，準備從椅子上站起來，說：「吳先生的日語真道地。謝翠英小姐的日語雖然也說得很好，但有些地方的發音還是聽得出是中國人。」

「我是在日本出生長大，大學又是在日本念的。大學念的是關西的私立大學，關西腔我也很在行喔。」

然後吳倫福的視線轉向在水池裡游轉的錦鯉，說他自己就是翠英的日語啓蒙老師。

「要不是橫濱的呂水元打電話給謝翠英的哥哥說有人要找你外婆，我也不必搞這齣耗時費工的鬧劇。」

吳倫福想說什麼，桂二郎毫無頭緒，但耗時費工的鬧劇這幾個字，倒是讓桂二郎對他接下去要說的話豎起耳朵。但是，吳倫福卻就此閉口不語。

桂二郎雙臂環胸，注視著吳倫福的表情。吳倫福倒掉茶壺裡的茶，重新從鐵壺加了熱水，為桂二郎倒了茶。

「這裡可以抽雪茄嗎？」桂二郎問。

「當然可以。這裡是茶藝館。只要付了茶水費點了茶，可以待上一整天。看書也好，下棋也好。以前大學生會來茶藝館念書。否則就算這裡提供的茶葉再好，收費也太貴了。這家店的二樓有書架，提供各類書籍和雜誌。」

桂二郎從夾克的內口袋裡取出雪茄盒。吳倫福看到雪茄，問那是什麼雪茄。

「吸口部分較細，愈往前愈粗。這種雪茄我還是第一次看到。」

「這是 Upmann 的 No.2。這種的叫作魚雷型，據說以前雪茄大多是這種形狀。」

點燃了雪茄，望著煙繞著茶褐色的木柱攀上同色的天花板，桂二郎想著，也許冰見留美子家裡也是這種材質和風情。這時候，桂二郎才注意到明天就是十二月五日。明天就是他們十年後的十二月五日了。

「吳先生竟是謝小姐的日語啓蒙老師，真教人難以相信。老實說，我有不好的預感。」桂二郎邊深深感到這是他抽過的Upmann No.2中最可口的一根，邊這麼說。

「那是翠英小學畢業的時候。我和朋友兩個人租了大樓裡的一個房間，開了教英日語的補習班。我負責教日語，英語就由朋友負責。翠英是我最年輕的學生，當時才快滿十三歲。她很聰明，教什麼都一點就通。」

吳倫福的視線隨著雪茄的煙轉，又說：「是我教唆她的。我說，要是錢到了你哥哥手上，不用想也知道他又會全部拿去用在注定失敗的生意上。志康頻頻打電話給人在日本的翠英，要她趕快去跟那個姓上原的要三百萬。甚至等得急了，還說要自己去日本拿錢。志康開了一家設計電腦軟體的公司，但那只是跟風作生意，沒有足夠的電腦知識就倉促成立，一下子就走進死巷周轉不靈了。這時候突然來了一個姓上原的日本人。對謝志康而言，簡直是天上掉下來的大禮。真的是從天上掉下來的……」

但他自己見到翠英的哥哥，是上原桂二郎這號人物出現在她面前之後。他與翠英和她母親雖然早就認識，卻沒見過謝志康。吳倫福這樣說完，看了看表。

「剛才我那通電話就是打給翠英。我們說好我向上原先生拿了錢就見面，她就在我們約好的地方。」

桂二郎認為眼前這個人說的是真話。他不再生氣，只是有點吃驚。

「你說那只懷表是贓物，鄧明鴻與殺人有關也是捏造的嗎？」桂二郎問。

「鄧明鴻和竊盜組織有關是真的。第二次世界大戰時，有個法國鐘表收藏家家裡失竊，被偷走了七件精巧的鐘和懷表。那七件鐘表都是足以在博物館裡展出的貴重機械鐘表。鄧明鴻與那竊盜集團有關確然無疑。她之所以寬容大量地原諒弄壞懷表的少年，是因為她不能把事情鬧大。因為那是贓物。但是，殺人就是我捏造的了。」吳倫福回答。

「謝小姐跟我說她到日內瓦去見一位T女士，這件事呢？」

對於桂二郎這個問題，吳倫福說他不知道，答說恐怕是翠英編的故事。入夏時，翠英的心在開始懷疑妹妹想獨吞那筆錢的哥哥、吳倫福威逼她趕快催上原桂二郎做出決斷以及女人心之間產生了動搖……

「女人心？」

雪茄的菸灰掉在桌上，但桂二郎不管，這樣問。

「就是對上原桂二郎這個人的女人心啊。」

吳倫福面無表情地說。桂二郎掐起雪茄的菸灰丟進菸灰缸時，吳倫福叫來服務生，結了帳。

「我本來就打算隨時把錢交給謝翠英的。這件事她也知道。為什麼她沒有這麼做？先從我這裡拿了錢，要把錢收好不讓哥哥拿走的辦法應該很多。又何必與吳先生聯手演這齣？」

桂二郎這一問，吳倫福微微點頭以對。

「翠英找我商量的時候，我也是說，你收了錢，我把錢換成台幣不就好了嗎。但是翠英就是堅持不願意親自去跟上原先生收這筆錢，怎麼勸都勸不聽。她說，她不想造成自己收了錢這個既成事實。那時候，我已經從翠英那裡得知那只懷表是贓物了，所以我猜想她大概是對於自己收下這種東西的賠償金有罪惡感。是啦，可能是真的有罪惡感，但也夾纏了對上原先生的女人心吧。我也是在剛剛跟翠英的通話中才終於發現的。」

我罵了翠英，說我不知道要是我從上原桂二郎這裡拿到錢你有什麼打算，但我本來說要去飯店拿錢的，你卻堅持要我把他約到這家茶藝館來見面，我要把整件事其實是你跟我聯手搞出來的鬧劇抖出來。說完我就掛了電話。

吳倫福這麼說，再次露出苦笑。

「那時候我也火大了。可是現在我很後悔，不應該把事情抖出來的。直接默默消失就好了……」

「謝小姐在哪裡等吳先生？」

「從這裡走路五分鐘的一家咖啡店。不過，她已經不在那裡等了。因為我剛剛在電話裡說要把一切抖出來。她一定認為我真的這麼做了吧。」

吳倫福拄著手杖站起來，桂二郎對他說：「我沒想到你講話也太不謹慎了。」

吳倫福離開茶藝館之後，桂二郎仍在椅子上坐了將近十分鐘，抽著變短的雪茄，看看店內水池裡的錦鯉，望望空無一人的盤坐式小包廂。心想，要是日本也有這種茶藝館就好了。

等雪茄熄了，桂二郎走出茶藝館，往馬路四處張望，站了好一會兒。因為他覺得翠英好像躲在哪裡看著自己，不忍遽去。

謝志康與謝翠英兄妹所住的公寓，一樓是中藥店，房子的所有人似乎是那家中藥店的老闆。

謝小姐不在，一開始她哥哥謝志康先生防備心很重，不肯解開鍊子鎖，我出示了社長的名片，才總算讓我進屋。

謝先生完全不會說日語，但會說日常生活的英語。我們用英語以及漢字筆談，謝先生明白了我是為了什麼事登門拜訪的。

為了慎重起見，我請他出示證據證明他就是謝志康先生。謝先生讓我看了他的駕照和護照。然後在他自己工作上所開的收據上簽了名，之後打了謝小姐的手機好幾次，但謝小姐沒有接，都轉進語音信箱。

我收下收據準備離開，謝先生給了我一張老照片，說是他外婆的照片，然後和我握手。他的手心很濕，可以感覺得出他有多激動。他一而再再而三地，要我向社長您轉達感謝之情。——

雨田洋一向回到飯店的桂二郎這樣報告。

「我的胃裡明明除了茶以外沒有裝過任何東西，卻什麼都不想吃。你餓壞了吧？」桂二郎說完，朝床上倒。

「餓雖餓，但我不要緊。可是我覺得社長最好還是吃點東西。在這種情況下，更應該吃粥。」

這樣回答之後，雨田為桂二郎拿了室內拖鞋過來。

「嗯，也對，吃粥好了。不過，在那之前要喝點酒。兩杯double威士忌。喝完我們就去吃粥。」

「社長和我的房間威士忌都只有一小瓶迷你瓶。要叫客房服務送一瓶過來嗎？」

「我們兩個各喝一瓶迷你瓶，然後今晚的配額就沒有了，這樣未免太淒慘了點。」

聽桂二郎這麼說，雨田打電話給客房服務。

喝著送來的威士忌，桂二郎在內心向翠英說了好幾次：我沒有生氣喔。

但是，我與翠英之間的連繫應該完全斷了吧。翠英再也不會出現在我面前。恐怕也不會打電話給我了……

桂二郎這麼想。一看表，快十一點了。日本再過五、六分鐘就是十二月五日。俊國會在總社的那片田地裡等冰見留美子嗎？照俊國的個性，他一定會去的。不管留美子來不來。因為自己答應說要等，就會到那裡去……俊國的個性就是這樣，桂二郎想到這裡，腦海中浮現亡妻的臉。

「可以再喝一杯嗎？」喝完第二杯威士忌，雨田問。

「別客氣，儘量喝。愛喝多少就喝多少。明天自由行動。你可以睡到想起床再起床，想去哪裡就去哪裡。」

「社長明天有什麼計畫？」

「這個嘛，去故宮博物院好了。像我這種沒素養的人，書法、山水畫、陶瓷一概不懂，但既然來了台灣，總不能不去一趟故宮博物院。」

「我也正在想要去呢。」

「那搞不好我們會在那邊遇到喔。」

桂二郎笑著說。這時候，忽然覺得餓了。不是區區一碗粥可以滿足的那種餓。

桂二郎也朝酒杯裡倒第三杯威士忌，邊倒邊對雨田說：「你聽過迎雪嗎？就是蜘蛛會在天上飛。小小的蜘蛛，利用自己吐的絲飛起來。牠們起飛之後兩、三天就會下雪。據說是因為這樣，所以叫作迎雪。」

「是，我知道。小時候看過好幾次。」

一聽雨田這麼說，桂二郎吃了一驚，拿著酒杯看著雨田。

「你看過？你看過蜘蛛在天上飛？」

「是的。牠們真的會順著風和上昇氣流飛起來。蜘蛛絲發出銀光，非常漂亮。」

曾任銀行員的父親從東京調動到伊豆的畑毛，所以當時小學三年級的自己也在畑毛住了三年。畑毛除了稻田和菜園什麼都沒有，眺望四方，遠遠的只有低低的山。對生長於都會的小孩而言，是個無聊至極的地方。

記得是剛入十二月的時候，母親叫他到鎮上的雜貨店跑腿，正要跨上腳踏車的時候，發現座墊上有個發亮的東西動來動去。湊過去仔細看，原來是一隻小蜘蛛倒立著屁股朝天，頻頻吐絲。蜘蛛只有火柴頭那麼一點大。

仔細一看，不止一隻。不但自己的腳踏車座墊上有，龍頭和車斗上也有同樣姿勢的蜘蛛在吐絲。

這些蜘蛛做的事太過特異，我就跑去叫小我兩歲的弟弟。

自己和弟弟摒著氣，看著朝空中拉了約兩公尺長的蜘蛛絲，在微風中搖曳。然後一隻蜘蛛飄到半空中，彷彿被銀色的絲線拉動般，朝耀眼的日光飛去。蜘蛛很小，日光又強，所以很快就從視野中消失了。接著換龍頭那裡的蜘蛛，然後是車斗上的蜘蛛，都和蜘蛛絲一起飛到空中。

自己和弟弟都是看到蝴蝶、蜻蜓就只想抓的年紀，卻不想動那小小的蜘蛛。並不是因為那是蜘蛛而感到噁心，而是莫名有種不能妨礙牠們的感覺。

自己和弟弟無論是在學校還是在家裡，都沒有人教過蜘蛛會用吐出的絲飛上天空，但也知道蜘蛛不是碰巧被風吹著就飛上天了。即使是年紀尚幼的孩子，也知道那些蜘蛛是為了飛上天空而屁股朝上吐絲的。

自己和弟弟躡著腳走在鄉下的路上，尋找有沒有同樣行為的蜘蛛。在田埂的雜草上也有。在農家小倉庫的鐵皮屋頂上也有。有些蜘蛛在飄起來之前絲就斷了，只能被留在日光下，也不會再吐第二次。在自己眼裡，那些蜘蛛看起來實在是不走運的可憐生物。

在畑毛住的那三年，一到那個時期就會遇見同樣的情景。

雨田說完，又說：「那時候我和我弟弟都不知道這個現象叫什麼，但我想我們都感覺得這很神聖，所以不能去妨礙牠們……」

「我餓了。吃粥不能滿足。想吃點豬、牛或雞的內臟之類油膩膩的、很有飽足感的東西。」桂二郎喝完第三杯威士忌後說。

「這時候就要去夜市啦！」

雨田也站起來，從衣櫥取出桂二郎的夾克說。

「夜市？」

「台灣最有名的、很多攤販的地方。從這裡往西走十分鐘左右，就有一個夜市。牛肉麵、中式烤香腸、烤中卷、炸螃蟹、炸蝦、內臟料理。啊，這個看起來也很好吃。」

他拿旅遊書給桂二郎看。

「生煎包。這裡有片假名注音，念作シェンジェンパオ（水煎包）。上面寫說，裡面包了滿滿蔬菜或韭菜、豬里肌絞肉的包子，用鐵板半煎半悶，外皮又Q又酥，令人無法抗拒。」

雨田邊說邊打開桂二郎房間的門，按了電梯鈕。

「看起來真好吃。我們先大吃這個，再去吃這個滷大腸，最後用牛肉麵收尾。」

桂二郎和雨田出了飯店，向西過了寬廣的敦化南路，再繼續直走。車輛雖然少了些，但摩托車一樣噴著廢氣來來去去，高樓間交織的小路充滿了應是冷氣熱風的熱空氣。

路上有一家小餐館，隔壁是律師事務所和招牌寫著「牙醫科」的牙醫診所。屬性各不相同的各行各業就擠在這小小複合式建築的一樓和二樓，但左右雙雙有高聳的高級住宅大廈夾擊，整條街在桂二郎看來就像高度不一的棒狀圖。

——都會是石製的墓園。桂二郎心中浮現羅丹的這句話。

一個中老年婦女正在遛狗。那隻小小約克夏㹴身上穿的衣服，看起來比主人穿的還貴。

「一直看著各種招牌會累呢。」

雨田說。他說，因為會從漢字聯想那是什麼意思，頭腦沒有休息的時間。

「品質最高這個我懂，但接下來的口碑最高是什麼意思啊？」

「大概是人氣也最高的意思吧？」

桂二郎說，往旁邊招牌上的漢字看。上面寫的是「彩色影印」。

「那個我懂。是彩色影印。」雨田說。

過了十字路口再往西走，愈來愈接近嘈雜聲，空氣中充滿了食物的味道，摩托車的數量也變多了。然後就看到一條僅能兩輛車勉强會車的柏油路上兩側都是攤販。開車的人正在和攤販的女人爭執。跨在機車上的年輕人看熱鬧般看著他們。

開車的人好像是在叫攤販把東西擺進去一點，不然車子過不去。但女攤販也不甘示弱，指著洗餐具的大水桶大聲回應。

「好誇張啊。」

桂二郎這麼說，對這個規模不大多、半不是觀光用，而是服務這一帶人們的夜市整體所發出來的噪音和人們的活力有些卻步。

攤販不止有賣吃的，也有在路上擺出生活日用品的。T 袖、裙子、皮帶、鞋子、廉價的耳環項鍊……

開車若是不十二萬分小心，輪胎恐怕會壓到那些商品。

中式烤香腸攤四周，聚集著人群，有人站著吃，也有人蹲在路邊吃。

賣成串雞內臟的店前面也好、台灣式大阪燒的攤販四周也好、肉包店旁邊也好，都擠滿了機車和人群。這些攤販懸掛的幾十個燈泡發出的燈光太過明亮，提高了這一區的溫度，桂二郎覺得額頭和脖子立刻冒汗。

每個攤販都只有一、兩張椅子。

桂二郎和雨田從攤販林立的夜市東邊走到西邊，討論要吃什麼，然後回到了肉包店前。所有客人都站著就吃將起來。

「吃了這個，再去吃那家烤雞肉。看起來跟日本的烤雞肉串一模一樣啊。」

桂二郎說，然後買了熱氣騰騰的大蒸籠裡的兩個肉包。每當有車子和摩托車經過，就得換地方站。

「麵的話，那家店看起來很好吃。明明還有別家也賣麵，但只有那一攤前面有人排隊。」

雨田嘴裡的包子還沒吞下，便指著五公尺前的一家攤販，然後走到對面用油漆寫著「臭豆腐」的攤販，比手劃腳地和店家溝通，借了一張木製板凳回來。

「社長，請坐。站著吃會累。」

雨田說。然後，又到串烤店用紙盤子端了一串串雞肉、雞肝和雞翅回來。

「我答應那個攤販的女生，說椅子借我等一下就去吃臭豆腐。可是我後悔了。那臭豆腐的味道……那是一連穿了好幾天的臭襪子的味道。我好想等一下吃了麵，就毀約偷跑。」

看雨田一臉很可能真的會這麼做的表情，桂二郎笑著說：「既然答應了，就一定要做到。我對那一類的食物還蠻能接受的。要是你不敢吃，我來幫你吃。」

說完，腦海中浮現俊國的臉，綠的臉，冰見留美子的臉。不知為何，甚至覺得亡妻就在這個夜市的某處。須藤潤介從總社川畔橫越油菜花田筆直走過來的模樣也復甦了。

「我是來履行約定的。」

三輛同時穿過夜市的摩托車聲似乎讓雨田沒聽見桂二郎說的話。但他不管，繼續說：「卻覺得好像沒有履行。雖然履行了約定，總覺得沒有做到……」

「什麼？您說什麼？」

雨田手裡拿著一串雞翅，就這樣躬身把耳朵湊過來問。

「在台灣，蜘蛛飛上天不知道是不是也是這個時期？」桂二郎說。

「這就不知道了。台灣是南國啊。不過，生物的生理週期，應該到哪裡都一樣吧？」

「我明天去找會飛的蜘蛛好了。」

「咦！在台灣嗎？是啦，地球上沒有蜘蛛的地方，大概就只有冰天雪地的北極和南極而已吧。」

「明天，不，不是明天，已經是今天了。我們到遠離台北市的哪個鄉下去吧。」

「鄉下是嗎……」

雨田望著桂二郎，請他吃紙製容器裡的烤雞肉，然後走到賣臭豆腐的女生那裡，然後又叫了不遠處賣熟食的老闆。

讓老闆看了旅遊書的地圖，取出筆記本開始筆談，買了熟食攤賣的三樣炒菜回來。

「從台北車站搭電車兩個小時左右。那位大叔的家鄉，聽說現在農家還是用水牛跟鋤頭來耕田種菜。就在這一帶。」

雨田這麼說，指著台灣地圖上的某一點。是位在台北市東南方，鄰近太平洋的地區。

「這裡有會飛的蜘蛛嗎？」

桂二郎驚訝地問，雨田出示了筆談用的筆記。

「呃，我想不起蜘蛛的漢字怎麼寫……不過，社長，我們去嘛，去找會飛的蜘蛛。帶著便當，搭電車到用水牛耕田的台灣鄉下去吧。我會準備好吃的便當的。」說完，雨田再度走進了夜市的人潮中。

桂二郎解決了烤雞肉串，帶著椅子到臭豆腐攤前，付了兩份臭豆腐的錢，尋找雨田。

只見雨田兩手拿著裝了牛肉麵的容器，以一副橫掃那群騎在機車上的年輕人的氣勢，邊走回來邊大聲說：「我們一大早就出發！」

文藝系 013

約定之冬・下（約束の冬・下）

作者　宮本輝
譯者　劉姿君
特約編輯　戴偉傑
美術設計　POULENC
內頁排版　高嫺霖

發行人　林依俐
出版 / 青空文化有限公司
100台北市中正區忠孝西路一段50號22樓之14
電話：02-2370-5750
service@sky-highpress.com

總經銷 / 大和圖書有限公司
電話：02-8990-2588
印刷 / 前進彩藝有限公司
2018（民107）年2月初版一刷
定價 380元
ISBN 978-986-94889-8-3

國家圖書館出版品預行編目（CIP）資料

約定之冬 / 宮本輝著；劉姿君譯.-- 初版 -- 臺北市：青空文化，民107.2 下冊；公分. --（文藝系；12-13）譯自：約束の冬
ISBN 978-986-94889-7-6（上冊：平裝）
ISBN 978-986-94889-8-3（下冊：平裝）
ISBN 978-986-94889-9-0（全套：平裝）
861.57　106021213

YAKUSOKU NO FUYU
by MIYAMOTO Teru

讀者回函卡

1.您是從哪兒得知《約定之冬》的？
□書店　□網站　□Facebook粉絲頁　□親友推薦　□其他

2.請問您購買《約定之冬》是為了？
□自己讀　□與伴侶分享　□與家人分享　□送給朋友　□其他

3.《約定之冬》吸引您購買的原因？
□品牌知名度　□封面設計　□對故事內容感到興趣　□與工作相關
□親朋好友推薦　□贈品　□其他

4您是從何處購買／取得《約定之冬》？
□博客來網路書店　□讀冊生活TAAZE　□誠品書店　□金石堂書店
□一般書店　□網路書店　□親友贈送　□其他

5讀完這期之後您會繼續購買宮本輝系列其他作品嗎？原因又是如何？
□會，
□不會，

6讀完《約定之冬》，您對本書或青空文化有什麼感想、建言或期許？

基本資料
姓名　生日：西元　年　月　日
性別：□男　□女　婚姻：□已婚　□未婚
行動電話：
地址：
E-mail：
通訊地址教育程度：□高中職（含）以下　□專科　□大學　□碩士　□博士（含）以上
職業：□資訊業　□金融業　□服務業　□製造業　□貿易業　□自由業　□大眾傳播　□軍公教　□農漁牧業　□學生　□其他
每月實際購書（含書報雜誌）花費：
□300元以下　□300~500元（含）　□501~1000（含）　□1001~1500（含）
□1501以上~

廣	告	回	信
臺灣北區郵政管理局登記證			
第 0 4 8 2 9 號			

平　　　信

10041
台北市中正區忠孝西路一段50號22樓之14
青空文化 收

書號：BG0012、BG0013

書名：約定之冬（上）（下）